Die Bienen von Malia
– noch ein Krimi aus Kreta

Meinen lieben Enkelkindern
Sophie, Simon und Julia Appenzeller

# Verena Appenzeller

# Die Bienen von Malia – noch ein Krimi aus Kreta

Bibliografische Information der Deutschen Nationalbibliothek:
Die Deutsche Nationalbibliothek verzeichnet diese Publikation in der
Deutschen Nationalbibliografie; detaillierte bibliografische Daten sind im
Internet über <http://dnb.d-nb.de> abrufbar.


© 2011 Verena Appenzeller
Herstellung und Verlag: Books on Demand GmbH, Norderstedt
ISBN  9783842353817

*Kretas Geheimnis ist tief; wer seinen Fuss auf diese Insel setzt, spürt eine seltsame Kraft in die Adern dringen und die Seele weiten ...*

Nikos Kazantzakis

# 1

Sirenen heulen auf, Polizeiautos rasen durch Iraklion, erschreckte Fussgänger retten sich auf die Gehsteige.

„Was ist denn schon wieder los?" fragt verärgert eine Passantin, die in der Frühe auf dem Weg zur Arbeit die Morgenzeitung kauft. Der Verkäufer im Periptero, dem Kiosk, kann bestimmt Auskunft geben; ist er nicht dazu da, alles zu wissen?

„Hast du's am Radio nicht gehört, was geschehen ist? Diebstahl im Museum!"

Die Kreterin schnappt nach Luft.

„In unserem Museum? Was denn?"

„Die Bienen von Malia!"

Die Frau bekreuzigt sich – sie weiss Bescheid.

Das Museum, kurz für das Archäologische Nationalmuseum Iraklion, ist nicht irgend ein abgehobener Kulturtempel, welchen Touristen aus einem Zwang zu kultureller Ergänzung des Ferienvergnügens heraus in Scharen besuchen, der die Einheimischen jedoch kalt lässt. Nein, da steckt das kretische Herzblut drin. Da ist nämlich zweifelsfrei dokumentiert, dass Kreta sich einmal mass mit Top-Namen wie Ägypten und Sumer, dass es auf der selben Ebene stand wie Babylon und Niniveh, Handel trieb mit Mari und Phoenizien, kurz dass Kreta einmal zur Weltspitze gehörte in Sachen Kultur und Handel.

Allerdings war das schon recht lange her, genau genommen etwa drei oder vier, gar fünf Jahrtausende; seither liegt Kreta eher am Rand des Geschehens. Allein was tut's? Man war einmal gross, riesengross, hatte Bildung und Kultur, bevor das übrige Europa überhaupt von den Bäumen heruntergeklettert war. Und das zeigt das Museum glasklar. Alles ist erschöpfend dokumentiert, und mit was für Gegenständen!

Wie hatten die Vorfahren doch dafür gekämpft, mit Strassensperren und Mistgabeln, dass keiner der Töpfe, kein Kettchen, keine Statuette, kein Kochgerät, kein Fingerring, keine Vase von Kreta weg nach Athen kam.

Die andern Inseln hatten alle geschlafen, hatten sich nicht gewehrt. Keiner andern Insel war es gelungen, ihre kostbarsten Schätze zu behalten und sie bei sich zuhause auszustellen, alles war im gefrässigen Bauch des Archäologischen Museums in Athen verschwunden, um vielleicht einmal ausgestellt zu werden, eher jedoch um dort in den Tiefen zu versauern.

Doch Kreta, einmalig wie in allem, hatte auch in diesem Fall seine Einmaligkeit bewiesen und sämtliche Schätze auf der Insel behalten. Mit aller Krallen und Zähnen hatten die Vorfahren sich dafür eingesetzt, dass nicht das kleinste Zeugnis aus der grossen mino-ischen Zeit von der Insel weggebracht wurde. Es hatte sich gelohnt.

Und nun – Diebstahl! Und ausgerechnet die Bienen von Malia? Sie waren verschwunden? Einfach nicht mehr in der Vitrine drin? Wie war das möglich?

Es musste mit allen Mitteln verhindert werden, dass das Schmuckstück die Insel verliess.

# 2

„Und vom Melissenstrauch aus fünf Schritte gegen Osten. Dann zwei Fuss in die Tiefe." Hier müsste es also liegen, das versprochene Etwas.

Grosse oder kleine Schritte? Manis zögerte. Wohl mittlere.

Eins – zwei – drei – vier – fünf. Ein Stossgebet zu Zeus, langsam neigte er den Kopf und schaute auf den Boden. War es Einbildung, schien es ihm nur so oder war die Erde hier tatsächlich etwas verändert, leicht aufgewühlt, lockerer?

Es war klar, hier hatte sich jemand zu schaffen gemacht. Solche Brocken und Krümchen konnte das Erdbeben vom letzten Sommer nicht bewirkt haben, das war eindeutig Menschenhand.

Rasch die Schaufel her.

Das grosse Erdbeben vom letzten Sommer verfolgte ihn immer wieder im Traum. Die Insel Kalliste war buchstäblich in die Luft geflogen. Tsunamis, Aschenregen, Erschütterungen – die Küsten Kretas waren nicht mehr zu erkennen gewesen, Schiffe und Hafenanlagen lagen in Trümmern. Doch nun waren die meisten Schäden schon wieder behoben, die Schifffahrt wieder voll im Gange, die Landeplätze wieder brauchbar.

Manis' Leben war jedoch gründlich auf den Kopf gestellt. Die grosse Tempelanlage auf Anemospili samt dem Haus, in welchem er mit Eltern und Geschwistern glücklich gelebt hatte, war völlig zerstört worden. Sein Vater hatte noch das allerletzte versucht, um den Zorn des Zeus abzuwenden. Er hatte das Opfer gebracht, das schon andere Götter ihren Treuesten abgefordert hatten: er musste seinen eigenen Sohn opfern.

Doch Zeus hatte das Opfer des kretischen Oberpriesters nicht angenommen und das Erdbeben nicht verhindert – warum wohl? Ein Rätsel. Vielleicht, weil nur der zweitälteste Sohn zur Verfügung stand? Der älteste, Adamas, war nämlich vor einigen Jahren schon nach Kalliste gezogen, der zauberhaften Insel im Norden

Kretas, die der Vulkan zerstört hatte. Die Bewohner von Kalliste waren allerdings rechtzeitig gewarnt worden und hatten sich noch in Sicherheit bringen können. Sie hatten an verschiedenen Orten eine neue Heimat gefunden.

Adamas, Manis' ältester Bruder, war bald nach dem Ausbruch nach Kreta zurückgekehrt, und die Geschwister hatten sich wieder durch einen glücklichen Zufall gefunden. Dass Adamas erst noch eine Braut mitgebracht hatte aus Kalliste, die muntere Minea, war ein besonderes Glück für Manis, denn nun waren sie sozusagen wieder eine Familie und alle drei waren daran, neu Fuss zu fassen auf Kreta. Sie versuchten das beste aus der Lage zu machen und wohnten vorläufig in einer Höhle bei den Trümmern ihres zerstörten Heimes.

Was die andern Glieder der Familie betraf – daran durfte Manis nicht denken, allzu sehr plagte ihn sein schlechtes Gewissen. Als das Beben losbrach und der Vater den zweitältesten Sohn auf den Altar legte, da war er nämlich nicht heldenhaft bei seiner Familie geblieben, um nötigenfalls auch noch bereitzustehen um sich opfern zu lassen. Nein, er war davongerannt, einfach weg, so rasch er konnte.

Von keinem der andern Familienglieder hatte er je wieder ein Lebenszeichen erhalten. Ob sie alle tot waren?

Das Erdbeben hatte die Tempel- und Wohngebäude alle gründlich zerstört. Da waren nur noch Trümmer und niedrige Mauerreste vorhanden. Doch hier sprach kein Mensch von Wiederaufbau. Zum einen war da die Meinung, dass ein Tempel nicht unverzichtbar war für das Weiterleben und Gedeihen von Kreta wie etwa die Hafenanlagen, zum andern scheute man sich wohl auch einzugreifen. Denn wenn Zeus befunden hatte, sein eigenes Heiligtum sei zu zerstören, wäre es ja direkt frivol, ausgerechnet diese Stätte wieder herzustellen.

Etwas beschäftigte Manis immer noch im Schlaf und im Wachen – der Diskos. Er hatte gleich nach dem Erdbeben mit dem einzigen andern Überlebenden, dem Kräutergärtner und Heiler Gurios zusammen in der Höhle neben dem Tempel gelebt. Es war eine seltsame, irgendwie abgehobene Zeit gewesen. Heilungssuchende und Pilger waren gekommen, denen der alte Gärtner mit seinen Kenntnissen der Kräuter und Blüten geholfen hatte. Sie hatten immer wieder Geschenke und Esswaren mitgebracht, so dass die beiden Einsiedler ein sorgenfreies Leben hatten führen können bis zum Tode des Gärtners.

Dieser glückliche Sommer war geprägt gewesen von der einen Gabe, die ihnen ein unbekannter Pilger hinterlassen hatte: von den rätselhaften Stempelchen aus Speckstein. Sie hatten mit den über vierzig verschiedenen Zeichen eine Geheimschrift entwickelt und sich ungemein gut unterhalten, indem sie sich gegenseitig Botschaften schrieben und Rätsel aufgaben.

Kurz bevor er starb, hatte der Heiler ihm eine runde Scheibe, einen Diskos, übergeben, den er voll bedruckt hatte mit den Stempelzeichen. Er hatte ihn auch sorgfältig gebrannt zum Zeichen, dass es nicht eine ihrer üblichen Spielereien war, sondern etwas Ernsthaftes. Er hatte ihm mit gedämpfter Stimme erklärt, dass da eine ganz wichtige Sache drauf stehe. Da er geschworen habe, sie nie einem lebenden Wesen zu erzählen, habe er das Geheimnis aufgeschrieben.

Doch bevor Manis nach dem Tode des Gurios dazu kam, ihn zu lesen, wurde der Diskos gestohlen. Mit Hilfe von Adamas und Minea war es ihm schliesslich gelungen, ihn wieder zurückzugewinnen.

Eine Stelle auf dem Diskos hatte ihm besondere Kopfschmerzen bereitet:

„Und vom Busch gegen Schlaflosigkeit aus fünf Schritte gegen Osten. Dann zwei Fuss in die Tiefe."

Nun schien er also endlich die korrekte Stelle gefunden zu haben. War das eine Mühe gewesen!

Das Problem waren nicht die Schritte und die Richtung gewesen, sondern die ärgerliche Botanik. Wie sollte er wissen, welche der unzähligen Pflanzen in dem riesigen Garten der „Busch gegen Schlaflosigkeit" war? Hätte er doch besser aufgepasst, wenn Gurios ihm jeweils erklärte, welche Kräfte in welchen

11

Pflanzen steckten. Doch so viele Büsche und Sträucher standen da im Tempelgarten herum, und die hatten solch absurde Namen, dazu besassen sie so vielseitige Heilkräfte, dass Manis jeweils nicht mehr allzu genau hinhörte. Hätte er doch besser aufgepasst! Nun war er in einer Sackgasse.

Immer wieder war Manis in dem grossen Kräutergarten herumgeirrt und hatte verzweifelt versucht sich zu erinnern. Jede Menge Blätter und Blüten hatte er gepflückt und daran gerochen, nur um sie dann ratlos wieder fallen zu lassen.

Als er wieder einmal ohne viel Hoffnung durch den Garten irrte, kam ihm der Duft von Thymian entgegen. Thymian – genau so hatte der köstliche Gemüseeintopf aus Tomaten, Fenchel, Kürbis und Zucchini geduftet, den Lelio letzte Woche von Knossos aus nach Anemospili gebracht hatte, um wieder einmal mit ihnen zu speisen.

Lelio – natürlich, sie konnte helfen. Lelio, die Kräuterköchin unten im Palast. Die kannte sich aus. Warum nur hatte er nicht früher an sie gedacht? Niemand in ganz Knossos konnte ihr das Wasser reichen, auch die gebildetsten Priester nicht, wenn es um Botanik ging, besonders um Heilversprechen der Pflanzen.

So war er an diesem Morgen zu Lelio hinuntergestiegen nach Knossos, um sie bei ihrer Arbeit in der Palastküche aufzusuchen. Es war für ihn keine Mühe, im Gegenteil, er freute sich immer, wenn er einen Anlass fand, mit der resoluten Köchin zu plaudern.

Lelio war bald gefunden, die Küche für die speziellen Diäten war gleich am Kräutergarten von Knossos angebaut. Sie hatte ihre Haare zurückgebunden und ihre Wangen waren noch rosiger inmitten der dampfenden Gerichte in den riesigen Töpfen.

„Schlaflosigkeit? Du Armer, regst du dich so auf über die Sucherei?"

„Aber nein, ich schlafe wie ein Igel, im Winter wie im Sommer. Es geht doch um den Diskos: ein Busch wird genannt, der gegen Schlaflosigkeit hilft, und ich habe schon an allen Blättern gerochen und viele zerkaut, aber ich bin bei keinem eingeschlafen."

Lelio lachte ihr schallendes Lachen, so dass die drei jungen Kochgehilfen sich nach ihnen umdrehten.

„Da hat Gurios bestimmt die Goldmelisse gemeint, den Busch, der jenen süssen und gleichzeitig herben Tee gibt. Versuch's mal, du wirst gleich nach dem Trinken einschlafen."

„Wie erkenne ich ihn denn, diesen Goldmelissenbusch?"

„Busch ist vielleicht etwas zuviel gesagt, eher ein grosses Kraut. Den Duft wirst Du gleich erkennen."

Und schon hielt sie ihm einen Topf mit getrockneten Kräutern hin, damit er rieche. Er nahm eine rechte Nase voll und stopfte zur Sicherheit einige der aromatischen Blätter in seine Tasche.

„Lelio, du bist unbezahlbar. Diesen Strauch kenne ich genau. Er ist aber immer voller Bienen, daher habe ich ihn nicht von allzu nahe betrachten wollen."

„Das ist es ja, die Bienen wissen am besten, wo es etwas Süsses zu holen gibt."

Doch jetzt nur nicht zu rasch mit schaufeln beginnen. Zuerst musste er sich vergewissern, dass niemand ihm zuschaute. Denn heute galt es wohl ernsthaft, etwas Kostbares auszugraben. So hatte es der Diskos versprochen.

Manis hätte jede Wette gewonnen, dass er beobachtet wurde. Und wirklich, dort drüben guckten zwei Glatzköpfe aus den Erlen hervor, um ja nichts zu verpassen, gierig, geifernd, nur dürftig versteckt.

Immer diese Späher. Sie waren unbelehrbar; nichts konnte sie von der fest verwurzelten Meinung abbringen, dass sich unter den Trümmern der Tempelgebäude und auch weit verstreut in den Gartenanlagen um den Tempel herum zahllose ungehobene Schätze befinden mussten, die nur darauf warteten, entdeckt und ausgegraben zu werden. Die Gier nach dem leicht zu hebenden Tempelschatz sass in allen Ritzen und Spalten der ärmeren Häuser von Knossos und Archanes. Wie mancher, der sein tägliches Brot nur mit Mühe verdiente, hoffte doch, auf solch abgekürzte Art rasch zu Reichtum zu gelangen.

13

Und nun stand Manis mit einer Schaufel im Garten! Wenn der Priestersohn, der das Erdbeben überlebt hatte, nicht wusste, wo der Tempelschatz überall vergraben war im grossen Geviert, wer denn sonst?

So machte Manis sich zuerst an einem andern Beet zu schaffen. Er hob einige Steine auf, schichtete sie zu einem Haufen und begann schliesslich sorgfältig ein Mäuerchen aufzubauen, genau so, wie es vor dem Erdbeben gestanden hatte. Das würde die Späher rasch entmutigen.

Tatsächlich, nach einer geraumen Zeit verzogen sie sich. Nun konnte sich Manis allmählich der brisanten Stelle nähern.

Zwei Fuss tief lag der Schatz – so wenigstens hatte er die Botschaft auf dem Diskos verstanden. So tief hatte Manis noch nie graben müssen, dazu brauchte er bei dieser harten Erde gut und gern eine Stunde. Hatte er die Angaben doch missverstanden?

Wort für Wort hatte er sich den Text eingeprägt: Ein kleineres Behältnis mit besonders wertvollem Inhalt sei ganz kurz vor dem Erdbeben von einem unbekannten Spender im Tempel abgeliefert worden. Diesem Gegenstand liege ein Zauber inne, eine mysteriöse Kraft. Der Oberpriester, Manis' Vater, habe jedoch nicht mehr genügend Zeit gehabt um herausfinden, ob diese Kraft Glück oder aber grosses Unglück bringe. Möglicherweise beides. Daher habe er dem Gärtner aufgetragen, diesen Schatz noch rasch zu vergraben, und zwar fünf Schritte gegen Sonnenaufgang, abgezählt vom Busch aus, der gegen Schlaflosigkeit half.

Je tiefer er grub, desto sorgfältiger schürfte er mit seiner Schaufel in der Mulde. Steine, Erde, Steine – stets der gleiche klirrende trockene Klang.

Da plötzlich ein neuer Ton! Er war an etwas gestos-sen, das hohl klang, dumpf, weicher. Manis vergass zu schlucken, der Speichel geriet ihm in die Luftröhre, er musste kräftig husten.

Hastig legte er die Schaufel beiseite, liess sich auf die Knie nieder und beugte sich tief hinunter, um mit den blossen Händen im Loch zu graben. Seine Finger durchwühlten fieberhaft den Grund. Jetzt nur nichts verderben.

14

Da fasste er etwas. Das Etwas war weicher als ein Stein, und doch hart, war keine alte Rübe und war kein Knochen. Sachte zog er das Ding hervor und befreite es von der Erde. Es war ein unscheinbares Beutelchen aus Leder, steif, schmutzig, verkrustet. Es fand leicht in seiner einen Hand Platz. Seine Finger zitterten, als sie versuchten zu ertasten, was wohl drin sein könnte. Irgend etwas Hartes, Rundes, Unebenes.

Der Diskos hatte ihn nicht angeschwindelt, die kleine Kostbarkeit, wenn es denn eine war, hatte sich genau am beschriebenen Ort befunden.

Manis setzte sich auf die Erde und atmete tief durch. Er musste sich erst sammeln, um die Bedeutung dieses Momentes bewusst zu geniessen. Auf diesen Augenblick hin hatte er jetzt Woche um Woche gebangt. Hatte es sich gelohnt? Kaum wagte er es, den brüchigen Lederriemen zu lösen. Er betastete das Etui immer wieder. Endlich fasste er Mut und griff hinein.

Er war so überrascht, dass er zweimal hinschauen musste, bevor er verstand, was er da in der Hand hielt.

Es war eine kleine Dose, rund und flach, aus grünem Stein fein geschnitzt. Solche Döschen hatte er schon verschiedene in der Hand gehalten, doch das Merkwürdige daran war der Griff auf dem Deckel: er hatte die Form eines liegenden Hundes, elegant ausgestreckt, ruhend, Beine und Schwanz der Rundung des Deckels angepasst. Da war ein origineller Künstler am Werk gewesen.

Er sandte einen Dankeskuss durch die Luft nach Knossos hinunter. Gute Lelio - sie hatte nicht einmal eine Sekunde überlegen müssen, sie hatte sogleich gewusst, was er suchte, und siehe da – schon hatte er das Geheimnis in der Hand.

Die Dose war verschlossen. Als er sie öffnen wollte, zögerte er. Etwas hielt ihn zurück.

Dieser wichtige Augenblick sollte mit Adamas und Minea geteilt werden. Nur zusammen mit ihnen wollte er den Moment auskosten. Das Geheimnis lüften, ganz allein in einem zerwühlten Gartenbeet; und dazu mit schmutzigen Händen; das wäre gar zu prosaisch, direkt blasphemisch. Immerhin hatten die beiden zu einem grossen Teil das Verdienst, dass Manis den verflixten Diskos wieder gefunden hatte. Nie würde Manis es seiner quirligen unternehmungslustige Schwägerin Minea vergessen, wie sie sich mit grösstem Vergnügen erheblichen Gefahren ausgesetzt hatte, um den gestohlenen Diskos wieder zu erlangen.

Adamas war gerade daran, die Trümmer aus der innersten Kammer des zerstörten Tempels wegzuräumen. Ihm schwebte vor, am selben Ort wieder einen Kultplatz für Zeus zu errichten. Der Ausläufer des Juchtas gegen Norden mit dem unvergleichlichen Blick in die Ebene und aufs Meer hinaus riefen ja direkt danach. Allerdings würde er nicht wieder etwas Grosses Spektakuläres aufbauen, bloss eine kleine gediegene Stätte sollte an den ehemaligen grossen Tempel erinnern.

Eben hatte er die zwei tönernen Füsse des Götter-Standbildes unversehrt aus den Trümmern gegraben und war glücklich, wenigstens eine kleine Erinnerung an den alten prächtigen Tempel mit seiner imposanten Zeus-Statue gefunden zu haben. Die Füsse würden sich sehr gut ausnehmen auf dem neuen Altar.

Minea sass singend am Eingang und rüstete ein Kohlgericht für das Abendessen.

„Schaut, was ich gefunden habe," stiess Manis hervor. „Der Busch, die Schlaflosigkeit, die roten Blüten, mit den fünf Schritten – es war die Goldmelisse."

„Was faselst du da von einem Busch und Schritten? Setz dich, atme tief durch und dann drück dich verständlich aus," lachte Minea, „wie sollen wir da mitkommen?"

Doch selbst als er sich gehorsam gesetzt und durchgeatmet hatte, brachte Manis vor Erregung kein Wort heraus. Stumm hielt er ihnen die Steindose hin. Endlich stiess er hervor:

„Das war bei der Goldmelisse! Ich, ich weiss noch nicht, was drin ist."

„Genial – ein Hündchen als Griff! Was für ein lustiger Gedanke."

16

Mit spitzen Fingern strich Minea über das langbeinige elegante Tierchen. Dann packte sie den Leib des Hündchens und langsam, feierlich öffnete sie die Dose. Die drei Köpfe stiessen zusammen.

Keiner schrie auf. Was da drinnen zu sehen war, machte sie alle drei stumm.

Auf einer weichen Schicht Wolle lag ein wundersam gleissender Schmuck aus Gold von einer einmaligen Feinheit, wie sie noch keiner je gesehen hatte. Das ganze war winzig klein, drei Finger von Adamas genügten, es zuzudecken.

Sie schwiegen benommen. Es gab keine Worte für das, was da vor ihnen lag – fremdartig, berückend, betörend.

Warf man nur einen flüchtigen Blick darauf, wirkte das Gebilde erst wie ein fratzenhaftes Gesicht mit di-cken runden Backen. Schaute man in das Gesicht, blickte es zurück. Grosse offene Augen starrten unerbittlich auf den Betrachter. Gleichzeitig schauten die beiden Augen sich auch gegenseitig an.

Erst nach und nach erfasste man den Aufbau: Das waren ja zwei Insekten mit gepanzerten Leibern und Flügeln. Sie hielten zusammen eine kleinere einfache Kugel und umfassten gleichzeitig mit dünnen Beinchen eine grössere Kugel. Die grössere Kugel war in regelmässigen Kreisen granuliert, und zwar mit den winzigsten Kügelchen. Stritten sich die beiden Tierchen um die Kugeln? Nein, im Gegenteil, es schien vielmehr, als halfen sie einander, möglichst sorgfältig mit den beiden Scheiben umzugehen.

Sie streckten je einen Flügel aus nach hinten, zwei genau gleiche elegant geschwungene Flügel, die mit regelmässigen Mustern dekoriert waren. Ihre Körper, naturnah in Panzerteile gegliedert, gaben dem ganzen so Zerbrechlichen eine runde Form, hielten alles wie mit festem Griff zusammen. Unten hingen freischwebend drei Scheibchen, die mit blauen Steinen in runden und halbrunden Formen gefüllt waren: links und rechts ein aufgehender und ein untergehender Halbmond und in der Mitte ein Vollmond.

17

Die beiden Bienen waren genau symmetrisch angeordnet, feinstens ziseliert und granuliert. Auf der Hinterseite hielt ein hauchdünnes flaches Stück Goldblech das Kunstwerk zusammen.

Die beiden Bienen, die da eine solch harmonische Einheit bildeten, strahlten eine intime Botschaft aus, eine Aufforderung zu gegenseitiger Hilfe, eine Einladung, sich zusammenzutun zu einer Aufgabe, die eine allein nicht bewältigen konnte.

Das Ganze war so ausgeklügelt und kunstvoll gearbeitet, dass die drei Betrachter immer wieder in Rufe der Bewunderung ausbrachen und sich gegenseitig auf ein interessantes Detail aufmerksam machten. Der Goldschmied, der dieses Wunderwerk geschaffen hatte, war wahrhaftig ein Könner gewesen, ein perfekter Handwerker und ein origineller Künstler gleichzeitig.

Zögernd nahm Manis das Kunstwerk in die Hand. Wohl hatte er schon verschiedenen meisterlich gearbeiteten Schmuck gesehen, etwa Ketten aus hübsch behauenen Steinen oder aus delikat geschnittenen Goldplättchen, oder Siegelringe mit einer eingravierten Zeichnung. Doch dieses Stück war Vollkommenheit an sich, und zwar in jeder der Kunstfertigkeiten eines Goldschmiedes.

So viele Fragen tauchten auf: Wer hatte es wohl hergestellt? Zu welchem Zweck? Der äusserliche Zweck war klar: es war ein Anhänger, an einer Kette auf der Brust zu tragen. Doch für wen war er gemacht? Wohl eher für eine zierliche Frau als für einen schmucküberladenen Priester? Zu welchem Anlass? Wann sollte er getragen werden? Oder war er schon von Anfang an einer Göttin geweiht und gar nicht für Menschen bestimmt? Warum ausgerechnet Bienen? Hatte das etwas mit Honig zu tun?

"Bienen? Ja, ich glaube, es sind Bienen. Oder vielleicht Wespen? Oder meint ihr gar Hornissen?"

„Unmöglich, viel zu alltäglich. Das sind Bienen."

„Gurios hat oft von Bienen gesprochen," oerinnerte sich Manis. „Er verehrte Bienen ungemein, er sagte, es wohne in ihnen eine besondere Kraft. Wisst ihr warum?"

Minea schüttelte den Kopf. Bienen?

„Hat man bei euch in Kalliste nicht erzählt, dass aus einem toten Körper, ob Mensch oder Tier, die Seele heraustritt in der Gestalt von Bienen? Sie sind das Lebendige, das, was über den Tod hinaus bleibt, das, was wieder aufersteht."

„Darum hat auch unser Vater uns immer eingehämmert, ja nie einer Biene etwas anzutun," sagte Adamas leise. „Sie seien göttlich."

Er erinnerte sich an eine Szene am Mittagstisch, als eine Biene geflogen kam und sich auf die Lippen des Säuglings setzte, der während des Essens neben der Familie am Boden lag. Adamas als das älteste der Geschwister war aufgesprungen und hatte die Biene weggejagt. Er wollte sie gar töten, aber sie entwischte ihm. Der Vater schalt ihn heftig, er habe eine göttliche Berührung zwischen dem Säugling und einem heiligen Wesen, der Biene, gestört.

„Schön, aber wem in aller Welt hat wohl dieses Meisterwerk gehört, und wer hat es kurz vor der Katastrophe noch rasch zum Tempel gebracht? Und warum das?" fiel Minea ein. „Manis, streng dich an, versuch dich zu erinnern. Es stand bestimmt noch etwas auf der Scheibe, was du vergessen hast."

Manis war jedoch sicher, dass er sich genau erinnerte.

Doch nun, was anfangen mit dem einmaligen Stück?

Lange sassen sie da, ratschlagten und brüteten. Die Sonne war schon längst hinter den Bergen im Westen verschwunden, das Kohlgericht erkaltet, nur die Glut im Feuer gab noch ein schwaches Licht.

Endlich sprach Adamas in die Dämmerung hinein:

„Glück haben wir eigentlich genug, es geht uns blendend, wir haben uns alle gefunden. Also kann der Anhänger nur noch Unglück bringen. Daher ist es wohl am besten, ihn wieder zu vergraben und ihn ruhen zu lassen, wo er lag, nämlich in der Erde."

Minea lachte laut heraus. "Adamas, welche Logik! Natürlich sind wir glücklich, aber etwas nachhelfen und noch etwas mehr Glück haben, das kann nie schaden. Was meinst du, Manis?"

Manis war unschlüssig. Zwar war auch er ein Priestersohn, aber er war noch zu jung gewesen, als dass sein Vater ihn eingeweiht hätte in all die feineren Geheimnisse. Nur ganz Allgemeines hatte er mitbekommen, etwa dass Wolkenformen Bestimmtes ausdrückten oder dass Stiere und Schlangen genau zu beobachten seien. Aber im ganzen hatte ihn das nicht gekümmert, ihm schienen damals solche Studien etwas an den Haaren herbeigezogen. Und auch jetzt dachte er noch oft so.

Auch ihre Mutter, die aus dem äussersten Osten der Insel kam, hatte ja nicht unbedingt den Glaubenssätzen des Vaters vertraut. Sie hatte sich wohl äusserlich ganz mit ihrem Mann, dem Oberpriester, solidarisch gezeigt, aber den Kindern hatte sie hie und da durchblicken lassen, dass es durchaus auch andere Ansichten über Orakel und den Willen der Götter gebe auf der grossen Insel Kreta.

"Die Bienen behalten wir vorerst einmal und warten ab. Wer weiss, was sie uns alles bringen," meinte Manis.

Doch diese Idee gefiel Minea auch wieder nicht. Viel zu vage, dem aussergewöhnlichen Fund bei weitem nicht angemessen, fand sie. Denn eine besondere Bedeutung musste der Fund ja wohl haben, wenn auch eine schleierhafte, und je rascher sie diese Bedeutung herausfanden, um so besser. War es gar lebensnotwendig, etwas zu unternehmen, jetzt nachdem das Ding am Tageslicht und nicht mehr in der dunklen Erde war? Wohl nicht umsonst hatte Gurios diesen Fundort in seinem Abschiedsschreiben besonders ausführlich erwähnt, obwohl, oder gerade weil er über den Schmuck Stillschweigen auferlegt bekommen hatte.

Sie entschieden sich halbherzig, zuerst darüber zu schlafen. Womöglich kam einem von ihnen eine brauchbare Idee im Traum. Immerhin lagen Träume im Zuständigkeitsbereich von Zeus, und sie lebten ja zu seinen Füssen, am Juchtas. Da dürfte er sich in der Zuteilung von Träumen schon etwas grosszügig erweisen.

# 3

Ein Tag zuvor.

Den Morgen hatte Vera damit verbracht, sich einen alten Wunsch zu erfüllen: Sie hatte endlich Archanes und den Juchtas besucht. Eigentlich wiederbesucht; als Kind war sie einmal mit ihren Eltern in einem Mietauto in den Süden von Knossos gefahren, doch sie erinnerte sich nur noch vage an einen steilen Berg mit einer kitzligen Auffahrt. Jetzt wollte sie endlich noch einmal auf dem Gipfel dieses Berges stehen. Er lag einem ja ständig vor der Nase, wenn man sich in Iraklion nach Süden wandte, wenigstens von einem erhöhten Standpunkt aus, einer Dachterrasse oder einem Aussichtspunkt auf der venezianischen Mauer.

Dann war ja das neue Museum in Archanes eröffnet worden, das überall gelobt wurde. Doch kannte sie noch keinen Kretabesucher, der es je gesehen hatte. Der Touristenstrom floss ständig durch die gleichen Kanäle: Archäologisches Museum – Knossos – Lassithi.

Und als letztes Ausflugsziel hatte sie sich Anemospili vorgenommen. Der Ort war allen archäologisch Interessierten bekannt als Stätte des einzigen minoischen Menschenopfers, das dort zweifelsfrei entdeckt worden war. In ihrem neuen Reiseführer war gar eine spezielle Seite der dramatischen Menschenopfer-Geschichte gewidmet, sogar mit Bild – endlich etwas handgreiflich Theatralisches über die Minoer. Nicht dass die alten Geschichten und Sagen nicht farbig genug wären, etwa der menschenfressende Minotauros im Labyrinth, Ariadne mit ihrem Faden, der Absturz des Ikarus beim Flugversuch, die Entführung der Europa durch den Stier Zeus. Doch war es schwierig, diese Geschichten irgendwie touristisch kitzlig zu präsentieren.

Das Menschenopfer sei plausibel dargestellt im neuen Museum von Archanes, hatte sie gelesen. Es passte so gar nicht zum Bild vom verspielten minoischen Kreta, das sich in den Gefässen, den Fresken, dem Schmuck, den kleinen Tonfiguren ausdrückte. Man musste diesen Widerspruch irgendwie verständlich machen, man musste ihn entschuldigen. War es ein letzter verzweifelter Versuch des Oberpriesters gewesen, die Götter zu beschwichtigen und das Erdbeben abzuwenden? Doch es hatte nichts genützt, der Tempel samt seinem Priester und dem jungen Mann auf dem Opfertisch – war es wirklich sein Sohn? – war zerstört worden.

Nach Archanes fuhr ein bequemer Bus. Das Museum war in einer steilen Seitengasse versteckt, ein gelb verputztes einstöckiges Steinhaus mit einem Vorhof, nicht so leicht zu finden. Es erstaunte Vera nicht, dass sie die einzige Besucherin war. Die Luft im Museumsraum war kühl und angenehm. Ein Gefühl, auserwählt zu sein, ergriff sie, als sie ganz allein durch die kostbaren Museumsschätze wandelte.

Einige Särge waren ausgestellt, in welche man wohl nur mit Mühe einen Toten legen konnte. Vasen, Gefässe, Opferschalen, Ringe aus der Gegend um Archanes, aus Fourni, aus Anemospili.

Ein Schauder lief ihr den Rücken hinunter, als sie zwischen Töpfen und andern Funden aus dem zerstörten Tempel zwei Tonfüsse entdeckte, den Rest, der vom zentralen Kultbild des Zeus übriggeblieben war. Wie hatte wohl die ganze Statue ausgesehen? Wie gross war sie? Riesengross, nach den Füssen zu urteilen. Hatte man den obern Teil von Zeit zu Zeit erneuert und nur die Tonfüsse behalten?

Hier war sie ganz nahe am Geheimnis des Tempels, den Zeus ausgelöscht hatte. Warum wohl hatte er es getan? Niemals würde man den Grund erfahren.

Jetzt auf den Juchtas! Das Strässchen war etwas weniger steil und etwas weniger bucklig als sie es in Erinnerung hatte.

Oben waren die kolossalen Grundmauern des alten Zeusheiligtums auf dem Nordgipfel noch leidlich zu erkennen. Vera konnte es nicht lassen, über den Zaun zu steigen, der die alten Reste umfasste. Der Zaun war ja wohl nicht gegen interessierte Besucher hingestellt worden, sagte sie sich, sonder eher gegen aggressive Ziegen.

Auf einem so auffallenden Gipfel fehlte natürlich auch die Gipfelkapelle der späteren Christen nicht. Hier war sie ausnahmsweise einmal nicht der Himmelfahrt des Propheten Elias gewidmet, sondern der Verklärung Jesu. Sie stand nicht auf dem Nordgipfel am Orte des ehemaligen Zeusaltars, sondern sie war auf den zentralen Gipfel gelegt worden. Es gehörte sich, fand Vera, auch diese heilige Stätte mit einem Besuch zu ehren.

Von hier ging der Blick weit in alle vier Himmelsrichtungen, im Norden breitete sich Iraklion aus, dahinter das Meer. Gegen Osten, Süden und Westen verlor sich Welle um Welle von Bergen im Dunst – ein idealer Punkt, um Zeus eine Heimat zuzuweisen.

Als letzten Leckerbissen hatte Vera sich Anemospili aufgespart, die zerstörte Kultstätte, die durch die sensationelle Ausgrabung vor etwa fünfundzwanzig Jahren weltberühmt geworden war. Seltsamerweise war die Stätte nicht ausgeschildert und wurde äusserst selten von Touristen besucht.

Der schweigsame Taxifahrer kannte den Weg aus dem Dorf hinaus, über die Müllhalde, an der grossen Nekropole Fourni vorbei, dem Fuss des Juchtas entlang – ein schmales verwittertes Strässchen, das nirgendwo hin zu führen schien.

Doch plötzlich eine Linkskurve, und der Fahrer hielt an. Vera stieg aus.

Der Weitblick, der sich so plötzlich vor ihr öffnete, verschlug ihr den Atem. Sie setzte sich auf die oberste Stufe der Treppe, die zum kärglichen Ausgrabungsplatz hinauf führte.

Hier auf diese Kuppe hatte also der berühmte Tempel gestanden. Steil hinter den mageren wieder überwucherten Mauerresten der Ausgrabung stieg der Grat an zum Juchtas hinauf, genau zum befestigten Nordgipfel mit dem Zeus-Altar. In der Ebene vor ihr lagen wellig wirr hingestreute Felder und Weinberge in Grün- und Brauntönen, dazwischen weisse Siedlungen, und weiter hinten Iraklion, und ganz hinten als Abschluss das Ägäische Meer.

Jetzt war die Frage völlig überflüssig, warum die Minoer genau hier ihren Tempel gebaut hatten. Kein anderer Ort hätte sich mit solcher Dringlichkeit angeboten. Die Minoer hatten ein ausgeprägtes Gespür für eine außerordentliche Lage, sie hatten genau diese Stelle gewählt für die einzige grosse Tempelanlage auf Kreta. Hier und nirgends sonst wollten sie ihrem Göttervater ein Haus bauen.

Wie anders empfanden doch heute die Menschen Landschaft und Natur! Den meisten ihrer Zeitgenossen war das Gefühl für die Gegenwart von Göttlichem abhanden gekommen. Diejenigen, die sich mit Gedanken und Begriffen von Geistigem und Spirituellem beschäftigten, würden diesen Ort bestimmt „Kraftort" nennen. Sie hatte dieses Wort stets etwas belächelt, als allzu esoterisch abgetan, doch hier verstand sie auf einmal, was damit gemeint sein könnte – ein Ort, „in welchem sich die göttliche Energie in besonderer Weise bündle", wie sie einmal gelesen hatte.

Hier wurde deutlich, wie die Minoer ihre Welt gestalten wollten. Der Palast von Knossos lag nicht direkt am Meer, sondern friedlich im Landesinnern, weich und formlos über einige Hügelchen und Tälchen sich räkelnd, mitten in einem bunten Wirrwarr von Feldern, Äckern, Weinbergen, Bächen, Wiesen. Er lag mitten drin in der Fruchtbarkeit, im Hinterland, das Nahrung spendete. Trotzdem war es nicht allzu weit weg vom Meer mit seinen Schiffen und Häfen, mit den Fischen und mit dem Schutz vor fremden Eindringlingen.

Hier in Anemospili hatte sich also das letzte Drama abgespielt. Hier hatte der Oberpriester noch den allerletzten Versuch unternommen, das Unheil abzuwenden: er hatte einen jungen Mann, wohl seinen Sohn, auf dem Altar festgebunden, hatte ihm die Halsader durchschnitten, hatte das Blut von einem Tempeldiener auffangen und ins Freie tragen lassen – und da war der Tempel zusammengekracht. Priester und Opfer wurden vom Dach erschlagen, der Diener wurde auf der Türschwelle von einem Balken getroffen, das Gefäss in seiner Hand zerbrach, das Blut floss aus. All das war aus den Funden nach mehr als dreieinhalb tausend Jahren exakt nachgestellt worden.

Vera versuchte sich vorzustellen, wie es vor dem Tempeluntergang hier wohl ausgesehen hatte. Da war ein ständiges Kommen und Gehen gewesen, da hatten Priester, Pilger, Besucher, Opfertiere weit hörbar für Lärm, Leben und Betrieb gesorgt. Seither herrschte hier Stille – auch heute.

Warum war dieser überwältigende Aussichtspunkt heute verlassen, wenig besucht, nicht ausgeschildert, daher schwierig zu finden, beinahe unzugänglich? Nördlich der

Alpen wäre er wohl schon längst mit einer Gaststätte für Ausflügler, oder gar mit einem Luxushotel verbaut worden, selbstverständlich mit einer bequemen Zufahrtsstrasse und einem grossen Parkplatz.

War es die Scheu der Kreter vor dem übermenschlich Schönen? Oder die Furcht vor dem Gott, welcher hier vor dreieinhalb tausend Jahren ein Machtwort gesprochen hatte?

# 4

Der Sommer ging seinem Ende entgegen. Das behelfsmäßige Leben oben in der Höhle von Anemospili war ja schön solange es warm war, doch war es endlich an der Zeit, an den Winter zu denken, an eine wärmere Unterkunft und an einen geordneten Tageslauf.

So wanderten alle drei Bewohner eines Morgens hinunter in die Ebene nach Knossos, jeder hatte seinen eigenen Plan.

Adamas beschleunigte seine Schritte am Palast von Knossos vorbei, er wollte gleich weiter, bis zum Hafen von Amnissos. Wenn man Augen und Ohren offen hielt, fand sich vielleicht eine Arbeit; und tatsächlich, es dauerte keine zwei Stunden, da hatte er sie gefunden.

Das ging so: Er schlenderte über den Strand in der Nähe des Hafens. Im Ort wurde emsig gearbeitet, überall ragten Gerüste und angefangene Mauern aus der Erde, überall wurden Häuser gebaut. Das Erdbeben und der Vulkanausbruch hatten besonders hier an der Küste zerstörerisch gewütet, alles musste wieder hergestellt werden, und dazu wurde noch viel Neues in Angriff genommen. Und da Kreta nicht ein armes Land war, sondern durch seinen ausgedehnten Handel genügend besass, wurde alles grösser und besser aufgebaut.

Nahe beim Ufer von Amnissos sah er eine besonders grosse Baustelle. Er ging näher und betrat das Gelände. Vier stattliche Aussenwände ragten schon aus dem Boden und gaben zu erkennen, dass da ein solides herrschaftliches Gebäude entstehen würde. Er stellte sich in den schon beinahe fertigen Saal im Erdgeschoss und schaute sich um.

Vor ihm war eine prächtige fensterlose Wand, ideal geeignet, grosszügig bemalt zu werden. Lange sass er versunken vor der einladenden Fläche. Im Geiste sah er schon prächtige weisse Lilien aus dem Boden herauswachsen, in einen blauen Hintergrund hinein. Oder wäre wohl ein purpurner Hintergrund noch schöner?

Er hörte nicht, wie jemand hinter ihn trat. Plötzlich wurde er an der Schulter gepackt:

„Was suchst du denn da in der Baustelle?"

„Eine perfekte Wand für ein Blumenbild, finden Sie nicht auch?"

Adamas wandte sich dem Sprecher zu. Es war kein Bauarbeiter; er hatte saubere Hände und auch seine Kleider zeigten keine Spuren von schmutziger Arbeit. Vor ihm stand ein langer sehniger Mann mit einem gebräunten Gesicht, mit leicht angegrauten Haaren und einem entschlossenen Blick, ein Mann, der wusste, was er wollte. Adamas war ebenso gross, doch sein Gesicht war wie immer bleich, seine Haare rabenschwarz.

Die beiden musterten sich gegenseitig eine ganze Weile, erst mit gerunzelter Stirn, dann allmählich immer freundlicher. Der Lange wartete ab, was der Fremdling in seinem Haus zu sagen hatte.

Adamas fasste sich. Er war sicher, dass der Bauherr vor ihm stand.

„Ich würde mich sehr freuen, dieses wunderbare Gebäude ausmalen zu dürfen."

Er stockte und wartete kurz. Er war selber erschrocken ob seiner Kühnheit. Doch einmal angefangen, musste er weiterfahren:

„Ich nehme an, dass Sie auch an Wandmalereien gedacht haben."

Jetzt lachte der Lange.

„Gemach, gemach. So weit bin ich noch nicht. Aber du gefällst mir, du siehst gleich, was es braucht. Mir scheint, du hast recht, Wandmalereien sind doch jetzt sehr in Mode, habe ich vernommen, und mein Haus soll eines werden, das sich zeigen lassen kann."

Er hüstelte kurz.

„Kannst du Blumen malen?"

„Aber bestimmt. Blumen sind eins meiner Lieblingsthemen. Ich habe schon Wände mit Safranblumen bemalt, auch mit Lilien, und mit erdachten dekorativen Pflanzen. Auch Tiere male ich sehr gern, etwa Affen."

„Grossartig. Ich möchte deine Arbeiten gern sehen. Wo hast du das alles gemalt?"

„Leider gibt es nichts mehr zu sehen. Mein erster Meister lebte auf Kalliste, und mit dem Vulkanausbruch sind auch meine sämtlichen Malereien in Akrotiri untergegangen."

„Akrotiri? Schade um die fröhliche bunte Stadt! Ich habe sie oft besucht. Als Kapitän war man froh, dort einen erholsamen Zwischenhalt einzulegen. Man war stets willkommen."

„Mein erster Meister in Kalliste war auch Kapitän, ja Oberster der Flotte. Er ist allerdings beim Ausbruch des Vulkans ums Leben gekommen."

„Petrassios!"

„Kannten Sie ihn?"

„Petrassios! Wie gut ich ihn kannte. Er kam stets mich begrüssen, wenn er in Kreta landete. Ein grossartiger Mensch und ein begnadeter Schiffer, der die Meere und das Wetter und den Himmel kannte wie kein zweiter."

Er wurde ganz feurig. Doch dann fuhr er ruhiger fort:

„Jetzt bin ich Oberzollmeister des Hafens von Amnissos," fügte er bei.

Das war für Adamas genug der Empfehlung.

„Gut, wann glauben Sie dass ich beginnen kann mit dem Malen?"

„Du gefällst mir, hast den Auftrag schon erhalten. Du hast recht, von mir aus soll das Haus eigentlich möglichst rasch fertig werden."

Er rief den Vorarbeiter herbei.

„Wann glaubst du kann man beginnen, auf diese Wand zu malen?"

Der Vorarbeiter schien es als selbstverständlich anzunehmen, dass bei einem so kostspieligen Bau auch die Wände in einigen Zimmern bemalt würden.

„Der Putz wird in etwa vier Wochen bereit und trocken sein – ich nehme doch an, dass du auf trockenen Putz malen willst wie üblich?" wandte er sich an Adamas.

„Ja, auf trockenen. Die Erfahrungen, die andere mit dem feuchten Malen gemacht haben, sind zweifelhaft. Ich bin immer gut gefahren mit trockenen Mauern."

Also vereinbarten die drei, dass Adamas genau in dreissig Tagen wieder vorbeikommen solle, um mit der Malerei zu beginnen.

„Übrigens, mein Name ist Selas."

„Und ich heisse Adamas. Und meine Frau Minea ist die Tochter von Petrassios."

Sie schüttelten einander die Hand: „Auf eine erspriessliche Zusammenarbeit!"

„Wo wohnst du denn?" fragte Selas. Der Frager selber wohnte ganz in der Nähe, in einem kleinen alten Haus nahe beim Hafen.

Adamas war es leicht peinlich zuzugeben, dass sie immer noch in einer Höhle hausten, wenn es ihnen auch ausnehmend gut gefiel dort oben im weiten Anemospili.

„Meine Frau, mein jüngerer Bruder und ich leben im Augenblick noch in Anemospili, suchen aber eine hübsche Bleibe in Knossos oder noch lieber am Meer."

Er erklärte dem Langen ausführlich, dass sie erst vor kurzem in Kreta angekommen seien und vorläufig in den Ruinen des Tempels, dem Heim seiner Kindheit, hausten.

Der Lange staunte.

„Du bist der Sohn des Oberpriesters von Anemospili? Den habe ich manchmal von weitem gesehen. Ein eindrücklicher Mann, etwas furchteinflössend, aber kompetent. Ich habe von Zeit zu Zeit einen Rat bei den Priestern dort oben geholt, bevor ich mich in ein grösseres Abenteuer einliess. Ich muss sagen, die Ratschläge waren meist zu meinen Gunsten." Selas schmunzelte.

„Und wie lange gedenkt ihr dort oben zu hausen? Bis ihr den ganzen Schatz ausgegraben habt?" Der Lange lachte verschmitzt.

Adamas wurde verlegen.

„So viel gibt es dort gar nicht zu finden, wie alle meinen. Mein Vater war ein grundehrlicher Mann und hat sämtliche Pilgergaben an den Palast abgeliefert. Also wegen des Schatzes müssen wir überhaupt nicht mehr dort oben wohnen. Wir möchten möglichst rasch in ein Haus ziehen."

„Ein Haus? Eben sind einige der Häuser, die zerstört wurden, wieder fertig geworden, doch die ehemaligen Bewohner haben sich schon längst etwas anderes ausgesucht. Es sind noch einige zu haben. Ich verwalte sie. Wenn ihr eines davon möchtet?"

Adamas schluckte leer.

„Ein Haus? In Amnissos? Der Traum meiner Frau, möglichst nahe am Meer zu wohnen. Wir wären überglücklich, und für mich wäre das ein kurzer Weg zu ihrer Villa. Ich wäre sogleich am Ort, auch mitten in der Nacht, wenn mich eine Idee überfallen würde!"

Selas lachte wieder schallend über den Tatendurst von Adamas, sobald es etwas zu malen gab.

Sie schritten zusammen zu einem Gebäude in der Nähe, das in Bälde fertig und bewohnbar werden würde, und schon war der Handel perfekt. Adamas war selig, er freute sich, Minea und Manis von seinem doppelten Glück zu erzählen und den Umzug vorzubereiten. Er dankte dem neuen Arbeitgeber überschwenglich und machte sich gleich auf den Heimweg.

Wie er über den Hof aussen am Palast vorbeihastete, sah er von weitem, dass sich am Tor eine erhitzte Szene abspielte. Als er etwas genauer hinschaute sah er, dass es Manis war, der sich mit einem erbosten Türwächter in eine Diskussion eingelassen hatte. Der Wächter schien recht aufgebracht zu sein. Manis war daran, im Zwist den Kürzeren zu ziehen. Da musste er eingreifen.

„Kann ich euch helfen? Ist da ein Missverständnis?"

Der Wächter war ein junger arroganter Neuling am Hof, auffällig in braunrot gekleidet und mit viel Pomade im Haar. Er fuhr zusammen und wurde ein Stück bescheidener, als Adamas in seiner ganzen Grösse und Ernsthaftigkeit vor ihm stand. Mit einem Herrn wollte er gern reden, vor dem Buben Manis hatte er seine Stellung als Torwächter des Palastes lustvoll ausspielen können.

„Diese Rotznase hier behauptet einfach, sie möchte gern in die Schule aufgenommen werden. Das kann jeder hergelaufene Lump sagen. Bei einer Aufnahme muss ein ernsthafter und solventer Vater oder Vertreter ein Gesuch stellen.“

„Ach Manis, warum hast du mir nicht gesagt, dass du in die Palast-Schule gehen möchtest? Was möchtest du am liebsten lernen? Doch nicht auch Malerei, wie ich vor vier Jahren?“

Dem Türwächter fiel der Kiefer herunter.

„Der Herr hat die Malschule besucht? Da kommen nur sehr talentierte Jünglinge hinein, habe ich gehört. Viel zu viele junge Lümmel meinen nämlich, wenn sie mit einem Stück Kreide einen erkennbaren Stier auf die Pflastersteine zeichnen können, sie wären schon ausersehen, Malerei zu studieren. Doch da ist die Auswahl sehr sehr hart.“

„Ich will ja gar nicht in die Malschule,“ stiess Manis hervor, „ich will doch Schreiber werden.“

Der Türhüter lachte giftig.

„Da ist es noch schwieriger hineinzukommen. Wenn einer einige Zeichen der Linearschrift kritzeln kann, meint er schon, er werde in Kürze ein grosser Schreibkünstler. Ist ja verständlich, denn Schreiber haben am Palast wie auch im Handel mit fremden Ländern die glänzendsten Aussichten für die Zukunft.“

Adamas setzte der Wichtigtuerei des Türhüters ein Ende.

„Bitte melde uns sogleich beim Oberschreiber. Sag, der Sohn des Oberpriesters von Anemospili bitte ihn um ein Gespräch.“

Der Kiefer des Türhüters fiel nochmals hinunter, sein Mund blieb offen, er wirkte wie der letzte der eben von ihm beschriebenen Tölpel. Doch rasch fasste er sich und wandte sich weg, um den Auftrag auszuführen.

Adamas gab Manis einen kleinen Stoss in die Seite. Beide lachten. Doch dann wurde Adamas ernst.

„Manis, warum hast du mir nicht gleich gesagt, was du dir so dringend wünschest? Es ist doch klar, dass du allein nichts ausrichten kannst. Aber du wirst sehen, wir werden die Sache schon hinkriegen."

Manis' Ohren wurden rot. Er hatte grosse Ehrfurcht vor seinem älteren Bruder. So resolut und überzeugt hatte er Adamas noch nie gesehen.

„Ich habe mir doch gedacht, ihr habt genug eigene Probleme, euer Leben in Kreta in die Hand zu nehmen. Wie kann ich euch auch noch meine Sorgen aufbürden?"

„Ja, wenn du wüsstest, was mir selber eben zugestossen ist: Ich habe Arbeit gefunden zum Malen, und was dich besonders freuen wird – ich habe für uns drei ein Haus gefunden!"

„Ein Haus? Wo denn?"

„In Amnissos, unten gleich beim Wasser."

„Adamas, wie wunderbar. Dass Zeus es so gut meint mit mir, mir zuerst den Gurios schickt, und jetzt noch dich, ich meine euch beide! Habe ich das alles verdient, nachdem ich mich im Erdbeben so feige benommen habe?"

Schon war der Türhüter zurück, und mit tieferer Stimme, die er auf diese Weise wichtig zu machen versuchte, meldete er: „Der Oberschreiber lässt bitten."

Die unregelmässigen Gänge waren unentwirrbar. Sie waren froh, einem Führer folgen zu können, der sich in dem labyrinthischen Bau auskannte. Manis war zwar schon einige Male im Palast gewesen, doch jedesmal musste er fürchten, den Ausweg nie wieder zu finden.

Endlich standen sie in einem Raum mit hellen grossen Fenstern. Nach den dunklen Gängen waren sie erst geblendet, doch dann sahen sie den kleinen hageren Mann mit quicklebendigen Augen hinten im Zimmer an einem Tisch sitzen. Bevor sie zu ihm hin traten, hatte er sie schon von Kopf bis Fuss genau gemustert und eingeteilt in seine eigenen Kategorien: ehrenhafte solide nicht besonders reiche Bürger der Stadt Knossos.

Er kam gleich zur Sache.

„Der Junge wünscht in die Schreibschule aufgenommen zu werden? Weiss er, was da alles erfüllt werden muss?" Er wandte sich an Adamas, den älteren, und sprach über Manis, wie wenn er nicht da wäre.

„Sprich du," sagte Adamas, und stiess ihn leicht in die Seite.

„Ich habe grosse Freude am Schreiben und Lesen und habe am Tempel von Anemospili bei den Priestern Unterricht gehabt in verschiedenen Sprachen und Schriften."

„Soso, du kannst schreiben und lesen. Lass sehen," er zog aus einem Korb, der auf dem Tisch stand, nach kurzem Zögern eine kleine Tonscheibe hervor, die mit grossen Lettern und Zeichen bekritzelt war.

„Da, lies!"

Manis liess sich nicht zweimal auffordern, er haspelte den Text herunter, und zwar so rasch, wie Adamas ihn noch nie hatte reden hören.

„An das Heiligtum der Eileithyia sollen zwölf Kannen Öl geliefert werden. Im Austausch liefert sie dem Palast acht Goldstücke."

Schon gab er dem Hageren das Stück zurück:

„Das ist ja Kinderspiel."

Der Lehrer liess sich sein Staunen nur wenig anmerken.

„Ja, das hast du schnell erfasst. Wie steht's mit diesem?"

Er reichte ihm eine grössere Tafel, die enger und unklarer beschriftet war. Manis drehte sie in die richtige Lage und begann, so rasch es ihm sein Atem erlaubte, zu lesen.

„Das Schiff, das in zwei Tagen nach Zypern fährt, soll mit zwölf vorzüglichen Ruderern bestückt werden. Die Bogenschützen sind zurückzuziehen, sie sind überflüssig."

Der Lehrer war beeindruckt, wollte es aber noch nicht allzu deutlich zeigen.

„Hast du denn auch schon einmal eine andere Schrift ausser Linear gelernt?"

„Meinen Sie die ägyptischen Zeichen, die Hieroglyphen, oder bloss die Keilschrift? Die assyrischen und die hurritischen Zeichen kenne ich einigermassen, beim Hethitischen bin ich noch nicht sehr weit."

Jetzt konnte der Lehrer sein Erstaunen nicht mehr verbergen.

„Assyrische Keilschrift willst du lesen können? Lass sehen. Keilschrift lernen wir hier erst im zweiten Lehrjahr."

Und wieder wühlte er in einem Korb und zog einen besonders kleinen dicht mit Keilen bedruckten Tonbrocken hervor.

Manis drehte ihn, bis er ihn richtig in den Händen hielt. Adamas blickte ihm über die Schultern, hatte aber keine Ahnung, was da oben oder unten sein könnte.

Schon legte Manis los, diesmal in normaler Geschwindigkeit, aber doch ziemlich fliessend und mit nur geringem Stocken.

„Im Austausch für die Lieferung von fünf Zinnstangen der grössten Grösse wünschen wir zwanzig goldene Ringe, bereit zur Gravur, doch noch ohne Zeichnung."

Die Schnelligkeit, mit der Manis auch diesen Text las, verblüffte den Hageren gewaltig.

„Alle Achtung, junger Mann, du scheinst schon mehr zu können, als einige der Schüler im dritten Jahr. Du kannst eintreten, sobald du willst, meinetwegen schon morgen, und ich denke es ist am besten, wenn du gleich in der Gruppe der Keilschrift-Schreiber beginnst, im zweiten Lehrjahr. Die Hieroglyphen werden bei uns erst im dritten Jahr und nur auf speziellen Wunsch unterrichtet."

Nun wandte er sich wieder an Adamas.

„Ich nehme an, über das Schulgeld ist euer Vater im Klaren? Richtet ihm aus, dass das Gold jeweils bei Frühlingsanfang abgeliefert werden muss."

„Alles klar," sagte Adamas. „Ich war auch an der Palastschule, Abteilung Malen, und habe meine Kunst schon erfolgreich ausgeübt. Unser Vater war der Oberpriester in Anemospili. Er kam beim grossen Erdbeben um, aber jetzt sorge ich für meinen Bruder."

Nun war es am Hageren, verblüfft zu sein. Er begleitete die beiden jungen Leute sogar selber an die Türe. Auch der Türhüter, der das Gespräch mit dem Ohr am Rahmen belauscht hatte, war jetzt mehr als kriecherisch. Es war gänzlich überflüssig, dass der Hagere ihm noch nachrief:

„Führ die beiden hinaus, aber flink."

Adamas und Manis nahmen den letzten Abhang in grossen Schritten, um Minea die Botschaft vom neuen Heim am Meer, vom Malauftrag und von der bestandenen Schriftprüfung zu überbringen. Ein erfolgreicher Tag, wahrhaftig.

Doch Minea war nicht oben in Anemospili. Auch sie hatte sich aufgemacht auf den Weg in die Stadt Knossos hinunter.

Sie hatte zwei kleinere Siegelsteine ausgewählt, die sie eintauschen wollte. Sie war sehr geschickt, wenn es ums Einkaufen ging. Sie tauschte die Steine um gegen drei Fische, ein Huhn und einige Brote. Auch einen neuen Kochtopf und einen bequemen Schemel handelte sie ein dazu.

Schwer beladen machte sie sich auf den Heimweg. Als sie am Palast vorbeikam, trat eben ein Trompeter auf den Westhof hinaus und blies ein helles Signal. Die Leute, welche gerade über den Platz eilten, standen neugierig still.

Es folgte ein zweites Trompetensignal, lauter und schärfer. Aus den Nebengassen kamen weitere Leute herbei, um zu hören und zu sehen, was da vor sich ging.

Ein drittes noch höheres und noch penetranteres Signal lockte Leute aus ihren Häusern und von weiter weg herbei. Alle schauten gespannt auf das Palasttor, und tatsächlich kam nach einer spannungsvollen Pause ein Herold heraus, der sich umständlich auf einem Podest in Position stellte. Nach langatmigen Vorbereitungen rief er endlich aus, er habe von der Priesterschaft im Palast etwas Wichtiges zu vermelden.

Bald waren genug Leute herbeigeeilt, und er konnte mit seiner Botschaft beginnen. Minea schlängelte sich geschickt durch die

Menge hindurch, um ja recht nah zu stehen und nichts zu verpassen von den wahrscheinlich interessanten Dingen, die da vom Palast gemeldet würden.

"Die Tochter des Königs wird in zwölf Tagen ihren Geburtstag feiern. Der Tag fällt zusammen mit dem Fest, an dem wir dem schlafenden Zeus unsere Ehre erweisen, daher findet der Anlass beim Zeus-Gipfelheiligtum auf dem Berge Juchtas statt. Das ganze Volk ist geladen zum grossen Fest zu Ehren des Zeus und der Prinzessin. Es werden sowohl oben auf dem Berg wie auch am Fusse, in Archanes, Kampfspiele stattfinden und rituelle Szenen gespielt. Ein reichliches Festmahl mit Opferfleisch und Met wird allen Teilnehmenden geboten."

Ein zustimmendes Raunen war aus der Menge zu hören. Ein Fest auf dem Juchtas mit Fleisch und Met, das war eine willkommene Meldung.

Nach einer Pause ausgefüllt mit Hüsteln und mit dem Versuch, sich in noch bessere Position zu bringen, fuhr der Herold fort:

„Dazu ist ein Wettstreit ausgerufen: Wer bringt die schönste Weihgabe für Zeus oder für eine seiner Pflegerinnen, die Nymphen Melissa und Amaltheia? Die Überbringer der drei schönsten Gaben werden mit einem Lorbeerkranz geehrt werden."

Minea beeilte sich beim Aufstieg nach Anemospili. Sie konnte kaum warten, Adamas und Manis vom Fest zu erzählen. Für sie wäre es eine lang ersehnte Möglichkeit, gleich einige weitere Bräuche und Lustbarkeiten der Kreter kennen zu lernen. Adamas und Manis waren da die besten Begleiter, dem Mädchen aus Kalliste ihre neue Heimat etwas näher zu bringen.

Auf dem Weg hinauf malte sie sich immer bunter aus, was sie wohl alles sehen würde. Neben dem Stierspringen waren auf dem Juchtas die mannigfachsten Belustigungen angesagt. Besonders wichtig waren die Schauszenen über die Geburt, das Leben und Wirken des Kindes Zeus. Darauf freute sie sich ebenso sehr, denn Zeus, so war sie belehrt worden, war ja nicht nur ein furchterregender Blitzeschleuderer und Erderschütterer, er war auch listig und stets zu Spässen aufgelegt.

Da klickte es in ihrem Kopf. Nicht nur das Fest des Zeus – auch das Fest der Melissa, hatte der Herold gesagt. Melissa? Das Wort für Biene. War das nicht die Nymphe, die Zeus mit Bienenhonig grossgezogen hatte?

"Wir haben da ja herrliche Bienen! Warum bringen wir sie nicht als Weihgabe an das Fest? Das Geschmeide war bestimmt ursprünglich für Melissa gedacht, und so soll sie es jetzt haben! Und die Königstochter, die ja ihren Geburtstag feiert, kann den Schmuck als Amulett tragen. Das ist sicher das beste, was wir mit unserem Fund anfangen können. Denn wir selber – was sollen wir damit?"

So war es ihr auch klar, dass der Fund ihnen das versprochene Glück bringen würde, nämlich Ehre vor dem König und dem ganzen Volk. Manis, der Finder und eigentliche Besitzer, wäre bestimmt einverstanden, das Schmuckstück darzubringen als Dankesgabe dafür, dass sich bis anhin alles so gut abgewickelt hatte in ihrem Leben.

Wie zu erwarten war Manis begeistert von der Idee. Er fand den Gedanken beruhigend, das Stück weiterzugeben. Der Besitz eines so wertvollen Gebildes hatte ihm schon Bauchschmerzen bereitet.

„Mir scheint auch, dass die Bienen für einen Gott oder mindestens für einen König hergestellt wurden, nicht für einen gewöhnlichen Sterblichen. Dazu sind sie denn doch zu speziell. Also bringen wir sie Melissa auf den Juchtas!"

Adamas äusserte, wie nicht anders vorauszusehen war, erst einige Bedenken. Wenn aber das Unglück, das auch mit dem Fund verbunden war, eintreten würde? Doch selbst Adamas musste schliesslich zugeben, dass ein Weihgeschenk wohl die sauberste und vertretbarste Lösung für einen so wertvollen Gegenstand aus dem Tempelschatz sei.

Doch er wäre nicht Adamas, wenn er nicht schon wieder das nächste Problem sähe: Wie sollten sie am Hof erklären, wie das Stück in ihre Hände gekommen war?

Wieder langes Beraten und Diskutieren. Schliesslich schlug Minea vor, die Wahrheit zu sagen und zu erzählen, sie hätten es im zusammengestürzten Tempel von Anemospili ausgegraben und würden sich freuen, wenn sich der Schöpfer oder der Besitzer des wundervollen Werkes zu erkennen gäbe, damit sie die Ehre mit ihm teilen könnten.

Bis zum Fest hatten sie also noch zwölf Tage Zeit. Warum nicht zuerst das Urteil eines Fachmanns einholen? Irgend ein Hinweis zu dem eigenartigen Fund wäre ihnen lieb. So manche Frage war offen, etwa wer hatte es wohl hergestellt, wann, zu welchem Zweck, für welchen Auftraggeber? Hatte die äusserst sonderbare Form einen bestimmten Sinn? Was war die Geschichte des Schmuckstückes?

Sie entschlossen sich, den Fund vorerst ganz naiv einem Goldschmied zu zeigen und ihn um seinen Rat zu fragen.

# 5

Am späteren Nachmittag streifte Vera noch etwas in Iraklion herum ohne ein bestimmtes Ziel, einfach um noch etwas die eigenartige Stadt zu erfühlen. Es war heiss. Aber war es eigentlich hier schon einmal nicht heiss gewesen? musste sich Vera fragen. Es schien einfach zur Stadt zu gehören, oder vielleicht zu Veras Gewohnheit, Kreta im Frühling oder Sommer zu besuchen. Sie versuchte tapfer, die Hitze zu vergessen und nicht zu schwitzen. Schliesslich lebten die Griechen ja auch glücklich hier und beklagten sich nicht ständig über zu viel Sonne.

Hohe Mauern links und rechts der Strassen, Wände teils frisch in rosa gemalt, teils zerfallen und nur noch mit traurigen Resten von Putz, hier mit modernsten Aussenliften aus Glas, dort mit bedrohlich schiefhängenden Balkonen – alt und neu Seite an Seite, unbekümmert um das, was in nächster Nähe emporwuchs oder zerfiel – das war Iraklion.

Ein Frappé unter einer schattigen Platane machte den Anfang. Sie liess sich nieder nahe beim Morosini-Brunnen, aus welchem früher die Einwohner das frische Wasser vom Juchtas bezogen hatten. Was für ein imposanter Anblick, die acht Ausbuchtungen mit den Reliefs, und oben die vier Löwen, die das obere Be-cken trugen. Hier sass man wahrhaftig im Zentrum, man sah von hier aus die Venezianische Loggia mit ihrer perfekten Fassade, und weiter unten die dem heiligen Titus geweihte Kirche, dessen Schädel-Reliquie endlich nach Kreta zurückgefunden hatte und in einem eigenen Raum theatralisch ausgestellt war.

Das allerschönste sparte sie sich für das Ende des Nachmittags auf, den letzten Besuch des Museums.

Kein anderes Museum bot ein so erfrischendes Durcheinander, ein solches Sammelsurium von grossen und kleinen Töpfen, Spielen, Statuetten, Siegeln, Werkzeugen, Fresken, Tellern, Schmuckstücken, Krügen. Und was für Stücke – jedes würde ein individuelles Studium, ja eine Doktorarbeit verdienen.

„No flash, please!" Kaum fünf Minuten war sie im Saal VII, und schon zum vierten Mal wurde Vera aufgeschreckt durch den schrillen Ruf der Wärterin. Der Saal VII hatte es in sich, da waren die schönsten Schmuckstücke ausgestellt. Es war höchste Zeit, dass die lange geplante Modernisierung des Archäologischen Museums endlich verwirklicht würde. Was da alles an Einmaligem eng zusammengepfercht in kleineren unsoliden Vitrinen lag, spottete jeder modernen Auffassung von Museumsbau, nicht nur in Sachen Museums-Präsentation, sondern auch was Sicherheit und Schutz betraf.

Die Vitrine 101 erhielt von den Kamerabewaffneten besondere Aufmerksamkeit. Kein Wunder, lag da doch zwischen Kettchen, Ringen und Ohrgehängen die Krönung der minoischen Goldkunst, die Bienen von Malia. Tausende von Jahren hatten sie in Malia im Grab eines jungen königlichen Mädchens gelegen, auf seiner Brust zusammen mit einem Blumenstrauss, unberührt, ungestört, bis 1930 ein Archäologe auf sie stiess.

Und immer glänzten und leuchteten sie noch wie am ersten Tag.

Vera konnte sich nie sattsehen. Warum zog es sie immer wieder zurück, zurück an den unscheinbaren alten Ausstellungskasten? Waren wohl die ersten Betrachter vor Jahrtausenden ähnlich benommen, ja betäubt gewesen wie Vera heute?

Es erging ihr jedesmal gleich, wie oft sie auch die Bienen betrachtete. Oder wurde ihre Beklommenheit von Mal zu Mal gar noch schlimmer? Warum konnte sie sich immer weniger wegreissen von diesem Juwel? Warum stand sie wie angeleimt davor und war kaum eines Gedankens fähig?

Wie sie so unbeweglich vor dem Kasten stand, tauchte aus der Tiefe ihrer Erinnerung ein Spruch von Kazantzakis auf, den sie einmal gelesen hatte. Jedes Jahr, bevor sie nach Kreta ging, las sie einige Seiten oder gar ein ganzes Buch von Nikos Kazantzakis, dem grössten kretischen Dichter. Oft verstand sie seine Worte nicht ganz, doch wenn sie dann in Kreta stand, begriff sie plötzlich, was er gemeint hatte.

„Schönheit ist unerbittlich. Du schaust sie nicht an, sie schaut dich an und verzeiht nicht."

Genau das war es: Nicht sie schaute den Bienenanhänger an, sondern er schaute sie an. Und er hielt sie fest mit aller Macht, so stark, dass sie sich kaum losreissen konnte.

Es waren zuallererst diese grossen Augen, die den Betrachter fesselten. Je länger man hinschaute, desto gnadenloser schauten einen diese Augen an und lies-sen einen nicht weiterziehen. Erst nach und nach verstand man den ganzen Aufbau.

Es war nicht so leicht, die Bienen genau zu betrachten, denn sie lagen nicht etwa in einer eigenen Vitrine in hehrer Isolation, wie sie es verdient hätten, nein, inmitten von andern Ringen, Nadeln, Gehängen, Kettchen. Zugegeben, auch diese waren recht hübsch, aber die Goldbienen über-strahlten alles. Die Besucher schlugen die Köpfe aneinander, wenn sie sie genau betrachten wollten. Hoffentlich würde das im neuen Museumsbau besser.

„No flash please!"

Schon wieder dieser Ruf – zum wievielten Male, seit sie im Saal mit den Bienen war? Etwas nervig, fand Vera, aber im Grunde tat die Wärterin nur ihre Pflicht. Vorschrift war Vorschrift. Man konnte nur dankbar sein, dass es noch so zuverlässige Aufseherinnen gab, die keine Ausnahmen duldeten. Wenn sie die Wärterin wäre, würde sie ihre Schät-ze ebenso streng bewahren und hüten. Warum mussten auch die Museumsbesucher immer wieder das deutlich signalisierte und oft wiederholte Verbot übertreten?

Das zarte Gebilde, das sie schon seit einer Viertelstunde bestaunte, hätte zwar einige Blitze ertragen. Hatte es nicht Jahrtausende überlebt, erst tief unter Schutt im Boden von Chrysolakkos bei Malia, jetzt brutal im hellen Tageslicht?

Vera riss sich zusammen. Diesmal war sie nicht aus-schliesslich zum Vergnügen in Kreta. Sie hatte eine echte Aufgabe.

Das war so: Sie war Primarlehrerin. Da sie versessen war auf Kunst aus allen Epochen, ging sie oft mit ihren Schülern in ein Museum und suchte immer wieder auf neue Art, ihnen einige Objekte näher zu bringen. Jedesmal waren die Kleinen begeistert, erzählten noch lange davon und wollten immer wieder hingehen.

Da sah sie im Angebot einer Kunstakademie den Kurs „Museumspädagogik" mit Master-Abschluss. Konnte man also das, was sie sowieso mit den Kindern häufig machte, gewissermassen institutionalisieren, mit einem Zertifikat, einem Titel versehen, berufsbegleitend, wie man so schön sagte?

Sie dachte nicht lange nach und meldete sich an für den Kurs. In den ersten Wochen war noch nicht allzu viel Neues für sie geboten worden. Doch in diesen Ferien sollten die Kursteilnehmer eine Arbeit schreiben über irgend einen Kunstgegenstand, der ihnen besonders gefiel, und sie sollten versuchen Wege aufzuzeigen, wie man Kindern das Objekt näher bringen könnte.

Ein Auftrag ganz in ihrem Sinn. Es musste nicht ein Gegenstand in einem Schweizer Museum sein, man durfte auch irgendwo im Ausland etwas wählen. Keine Frage für sie, was sie auswählen wollte – etwas Minoisches aus Kreta.

Erst war sie unsicher gewesen, welches von allen Prachtstücken sie zur Bearbeitung näher studieren wollte.

Sollte es der Diskos von Phaistos sein? Lange stand sie davor. Doch für Kinder war er wohl nicht allzu spektakulär. Eine braune runde Scheibe mit Zeichen drin. Gut, die waren interessant. Doch alles den Kindern erklären – Druck mit Stempelchen, Schriftrichtung, Zweck des Diskos, lauter ungelöste, unkindliche Fragen. Und dass er immer noch nicht entziffert war, wäre für die Kinder wohl eine Enttäuschung. Dazu kam noch ein anderes Problem: je länger Vera ihn studierte, desto mehr beschlich sie ein Gefühl, dass er vielleicht doch eine Fälschung sein könnte. Damals in 1908 wäre es ja durchaus denkbar gewesen, dass einer der italienischen Ausgräber sich einen Jux geleistet hatte, um den ernsthaften Forschern eins auszuwischen und ihnen eine kitzlige Aufgabe mehr zu verschaffen.

Dann hatte sie erwogen, das Krüglein aus Bergkris-tall zu studieren, das in Kato Zakros gefunden worden war. Da war jedoch das Interessante für Kinder wohl eher die Arbeit des modernen Restaurators, der all die Hunderte von Scherben wieder so perfekt zusammengeleimt hatte. Was dabei herausgekommen war, das Krüglein in seiner überirdischen Vollkommenheit, war für Kinder wohl weniger ergiebig.

Oder sollte sie eine der lustigen Schnabelkannen wählen, die ihre Hälse so elegant in die Höhe reckten? Etwa eine mit einem interessanten Schilf-Dekor, oder mit den langarmigen Tintenfischen? Aber Kinder interessierten sich wohl vor allem dafür, was in einer solchen Kanne aufbewahrt worden war und wie man es wieder ausgoss, Olivenöl, oder Wein, oder Wasser?

Nein, für Vera war das fraglos beste Stück der Anhänger mit den Bienen. Da gab es so viel zu entde-cken und zu erzählen, bloss schon über Form und Technik. Der Honig, den die Bienen produzierten, wäre ebenfalls ein idealer Einstieg aus dem Erlebniskreis der Kinder.

Die Bienen von Malia mussten es sein, das war klar.

Jetzt war Vera wieder voll auf der Erde. Sie musste die Bienen genau und bewusst anschauen und dazu einige Sätze formulieren, einige Fragen. Dann würde sie Geschichten und Bilder mit Honig und Bienenwaben, mit Bienenstöcken und Imkern zusammenstellen. Vielleicht einige Blütenstempel mit Pollen dran präsentieren, um eine Parallele zu zeigen zum äusserst feinen Granulat.

Es wäre auch gut zu wissen, wie der Goldschmuck wohl von hinten aussah. Wie waren die runden Leiber gestaltet? Und die oberste Kugel? Schwebte sie wirklich frei in dem Gitterbehälter? Und erst die feinen Flügel?

Man sollte das Schmuckstück von allen Seiten betrachten können. Wenn man es nur einmal anfassen dürfte. Wenn man es nur ein einziges Mall, ganz kurz, ganz sorgfältig, in der Hand halten könnte!

„No flash please!"

Wieder wurde Vera aus ihrem Sinnieren aufgeschreckt. Sie schüttelte sich. Sie schaute zur Wärterin hin, die ununterbro-chen so genau aufpassen und immer wieder das gleiche verbieten musste. Eine eigenartige Aufgabe. Warum nicht einige Worte mit der Wärterin wechseln? Vera könnte sie in ihrem Eifer bestätigen und gleichzeitig bot sich so eine Gelegenheit, ihr Griechisch zu üben, hatte sie es doch seit Jahren mehr oder weniger fleissig gelernt.

Die Wärterin war eine Frau in ihrem Alter, hatte auch etwa die gleiche Grösse und Figur. Auch im Gesicht, in der Form der Augen waren sie sich recht ähnlich. Vera fühlte sich gleich zu ihr hingezogen.

„Heiss heute, nicht wahr," begann Vera und war stolz, wie gut die Frau ihr Griechisch verstand,.

„Ja, finden Sie auch, dass es heute noch drückender ist als sonst?" antwortete die Wärterin, „ich bekomme kaum Luft."

„Das stimmt, und doch beneide ich sie um ihren Job."

„Mich um meinen Job beneiden? Sie machen wohl Witze. Den können sie liebend gern von mir haben."

Sie stiess einen Seufzer aus.

„Ich kann mir bessere und interessantere Arbeiten vorstellen als den ganzen Tag hier zu stehen und Touristen zurechtzuweisen. Die Leute haben doch solche Freude an den Stücken, und ich muss sie immer wieder anschreien und erschrecken. Einigen ist das sehr peinlich, sie laufen rasch weg, was ja auch nicht der Sinn ist."

„Das schon, aber sie sind den ganzen Tag nahe bei so viel Schönem, während wir uns immer wieder trennen müssen von den Dingen, die wir so sehr lieben und bewundern."

„Wenn wir nur mehr Zeit hätten für die schönen Dinge! Doch immer aufpassen – Sie können sich nicht vorstellen, wie ermüdend das ist, selbst wenn man einen Stuhl zur Verfügung hat." Die Wärterin liess sich schwer auf den Stuhl fallen. „Und diese Luft! Es wird einem schwindlig in diesem dicken Brei."

Knapp hatte Vera das letzte verstanden. Und schon fuhr die Wärterin fort:

„Wenn nur bald das neue Museum endlich gebaut würde. Doch da wird so viel geredet und geplant, dass die nie einen Anfang finden. Wenn wir auch noch mitreden dürften – vor allem viel frische Luft würde ich mir wünschen und viel Licht. Und die Vitrinen weniger dicht beieinander, so dass man einen bessern Überblick hat. Die Schaukästen und Schränke sind so alt und hinfällig, dass man ständig fürchten muss, sie brechen zusammen, wenn sich eine grössere Gruppe darum schart."

Nach diesem Redeschwall, den Vera wenigstens dem Sinn nach einigermassen verstanden hatte, schwieg sie wieder. Sie atmete kurz und stockend, dann fuhr sie wieder auf:

„No flash please!" Wieder hatte jemand geblitzt. Es war unmöglich zu sehen, wer der Sünder gewesen war. Beinahe jeder Besucher hielt eine Kamera in der Hand.

„Übrigens, ich heisse Kalliopi. Und du?"

„Vera. Freut mich, dich Kalliopi zu nennen, ein toller Name. Ist doch eine Muse, nicht wahr?"

„Du scheinst dich auszukennen."

„Ja, ein bisschen. Aber hör mal, kannst du dazwischen nicht einmal an die frische Luft gehen?"

„Doch doch, das geht schon, wenn ich mich mit der Wärterin im nächsten Saal verständige. Man kann gut zwei Säle überblicken, wenn man sich in den Durchgang stellt."

„Also warum nicht rasch Pause machen und bei mir etwas trinken, das täte dir bestimmt gut. Ich wohne ganz in der Nähe. Dann könnten wir noch etwas plaudern."

„Meinst du wirklich? Das könnte ich jetzt brauchen, mir ist heute recht schwindlig – he, Melina, könntest du für mich rasch übernehmen? Ich brauche wieder einmal frische Luft."

Sie hatte ihrer Kollegin im Saal VI diesen Morgen den selben Liebesdienst erwiesen und ihr so Gelegenheit verschafft, rasch etwas einzukaufen.

„Ich bin bald wieder zurück, dann kann ich den Schluss noch übernehmen und die Säle räumen, und du kannst schon gehen, bevor die Sicherheitskontrollen kommen," schlug sie ihr vor.

Melina war froh, wenn sie etwas früher heimgehen durfte. Ihre beiden Kinder warteten nach der Schule jeweils ungeduldig auf den Bänken am Eingang des Museums.

„Abgemacht. In einer Stunde. Also bis dann, vielen Dank."

Und schon waren Vera und Kalliopi draussen vor dem Museum.

# 6

So packten Adamas, Minea und Manis am nächsten Morgen ihre Steindose samt kostbarem Inhalt in einen Beutel und stiegen zu dritt nach Knossos hinunter. Bei einem solch wichtigen Anlass wollten alle drei mit dabei sein.

Die Gasse der Goldschmiede mussten sie nicht lange suchen. Es war eine besonders enge Strasse, etwas weg von der Hauptachse. Werkstatt reihte sich an Werkstatt, und noch engere Nebengässchen zweigten nach links und rechts ab.

Sie gingen aufs Geratewohl in einen Goldschmiedeladen, der ihnen besonders reich ausgestattet erschien. Der Ladenbesitzer, ein dürrer ältlicher Mann mit einer Glatze, der recht kompetent wirkte, sass auf einem Stuhl und starrte ins Leere.

"Wir möchten gern ihren fachmännischen Rat haben zu einem Schmuckstück," begann Minea, und schon legte Manis ohne viel Umschweife die Bienen auf den Tisch vor den Goldschmied hin.

Der warf einen kurzen Blick auf die Bienen, schaute alle drei entgeistert an, dann schrie er los:

"Woher habt ihr das? Ich will nichts damit zu tun haben, das ist nicht von dieser Welt. Das hat kein Mensch geschaffen, das ist von einem Geist, wer weiss, ob von einem guten oder einem bösen. Weg aus meinem Laden, verschwindet!"

Erschreckt über diesen Ausbruch packte Manis rasch seinen Schatz und sie verliessen den Laden schleunigst. In der Gasse blieben sie stehen und schauten sich ratlos an.

Der Nachbar in der Bude daneben hatte die drei beim sehr kurzen Besuch beim andern Goldschmied, seinem schärfsten Konkurrenten, beobachtet und kam nun aus seinem Laden heraus. Er war ein rosiger junger Bursche mit Pickeln im Gesicht, der das Geschäft erst vor kurzem von einem reichen Onkel übernommen hatte. Er benahm sich recht wichtigtuerisch und überlegen, doch man traute ihm nicht allzu viel zu was das

Handwerk betraf. Wenigstens schien er geschickt im Feilschen und Handeln.

„Kommt doch herein. Was habt ihr denn da Besonderes, das den Freund Nachbarn so entsetzt hat? Darf ich es sehen?"

„Aber sicher. Wir wollen bloss einen fachmännischen Rat. Wir haben da ein einmaliges Anhängerchen aus Gold und möchten gern erfahren, was für eine Bewandtnis es damit haben könnte."

Und schon lag das Stück vor seiner Nase.

Doch auch er war fassungslos, fand keine Luft mehr und stiess heiser hervor:

"Das ist überirdisch, das ist verhext, etwas solches ist mir noch nie begegnet. Fort mit euch!"

Die drei standen schon wieder draussen vor dem Laden und blickten sich an. Minea lachte, Manis und Adamas schwiegen, und beide runzelten die Stirne in gleicher Manier. Es wurde wieder einmal deutlich, dass sie Brüder waren.

„Blödian," rief Minea in den Laden zurück, „du hast wohl deinen Beruf verfehlt und würdest besser Schweine beurteilen."

Resolut packte Adamas Minea an der Hand und zog sie rasch weg von den beiden Läden.

Wie sie da auf der Strasse etwas ratlos herumstanden, kamen drei von diesen Fremdlingen auf sie zu, die häufig auf grossen Schiffen vom nördlichen Festland nach Kreta segelten und sich hier umsahen. Sie waren überall anzutreffen. Die Kreter schauten sie mit gemischten Gefühlen an, denn diese Leute waren seltsam fremdländisch gekleidet, waren eher ungehobelt, wirkten laut, aber im ganzen waren sie gutmütig. Sie hatten ziemlich viel Gold, das den geschäftstüchtigen Kretern fette Gewinne eintrug. Sie waren grosszügig im Ausgeben, kauften die wildesten und unmöglichsten Dinge ein und waren alles andere als knauserig und berechnend, wenn es um die Bestimmung des Wertes ging. Irgendwie unheimlich.

Die drei Gestalten, die vor den Goldläden herumlungerten, sahen in keiner Weise gefährlich oder bedrohlich aus, eher dümmlich und vor allem neugierig. Sie wollten auf ihrer Ferienreise nach Kreta so viel wie möglich erleben. Sie kamen auf sie zu und wollten wissen, was denn ein solches Geschrei und Gezeter bei zwei der grösseren Goldschmiede hervorgerufen hatte.

„Was war denn los mit den beiden Goldschmieden? Was habt ihr ihnen erzählt, dass sie so schrieen und euch davonjagten?"

„Wenn wir es nur selber wüssten! Wir haben hier einen seltenen Goldschmuck, den wir ihnen zeigen wollten, aber sie nahmen sich nicht einmal die Mühe, ihn genau anzusehen. Warum der verhext sein soll, weiss ich auch nicht."

Die drei wollten den Schmuck unbedingt sehen, und als sie einen Blick darauf geworfen hatten, hielten sie sich den Bauch vor Lachen.

„Wegen diesem kleinen Goldhäufchen haben die so ausgerufen, ist ja zum Brüllen. Das bisschen Gold, das da dran ist, hat noch keinen fett gemacht. Dinge in solcher Grösse haben wir bei uns zuhause zu Hauf."

Und um das gleich zu beweisen, griff der eine in seine Tasche und hielt ihnen eine Handvoll Goldplättchen hin. Immerhin waren sie fein gearbeitet, hübsch zugeschnitten und graviert.

„Nur schon das ist ja dreimal so viel Gold."

„Es ist aber die Arbeit, die Feinheit, die Form, die hier zählen," belehrte sie Minea. Doch die munteren Fremden lachten nur wieder laut.

„Wenn das schöne Mädchen natürlich diesen Anhänger auf dem Busen trägt, ist es etwas anderes," kicherten sie, und der grösste tupfte mit einem Finger auf die Stelle in Mineas Ausschnitt, wo sich der Schmuck besonders gut ausnehmen würde.

Jetzt, da sie anzüglich wurden, riss Adamas die Geduld. Minea war wirklich hoffnungslos; sie war allzu treuherzig und liess sich mit jedem Gesindel ein. Er würde ihr unter vier Augen heute abend wieder einmal erklären müssen, dass Kreta nicht ganz so sonnig und unschuldig war wie das verlorene Kalliste.

„Kommt, wir gehen. Versuchen wir's noch einmal. Mehr als angeschrien werden kann uns ja nicht passieren."

Und wieder musste Adamas seine Minea fortziehen.

Da entdeckten sie, etwas versteckt in einer schmalen Neben-
gasse, eine kleine bescheidene Werkstatt. Der Meister hiess
Chrysotas, sein Name prangte in alten reichlich verblassten
Linearlettern über der Türe. Vielleicht ein Sonderling, vielleicht
war das der Ort?

Sie betraten den engen Laden, der vollgestopft war mit Kästen,
Hockern, Schatullen und Truhen. Überall standen und lagen
Bleche und Stangen aus verschiedenen Metallen. Der Raum war
gleichzeitig Werkstatt und Laden.

Ein alter Mann mit wirrem schneeweissem Haar sass an einem
Werktisch und arbeitete an einem grösseren Stück Bronze. Es
schien ein Weihgefäss zu werden und war schon über und über
geschmückt mit den geschmackvollsten Zeichnungen.

Zu seiner Linken sass ein kleiner Junge, kurz und gedrungen,
der ein Stück Bronze bearbeitete. Über seine Stirne war eine
grosse Kappe gezogen. Man sah sein Gesicht nicht, daher konnte
man nicht richtig abschätzen, wie alt er war. Er hatte dicke
unbeholfen wirkende Wurstfinger, doch als Minea ihm eine
Weile zugeschaut hatte, erkannte sie, dass er alles andere als
ungeschickt war mit seinen Händen. Er gab vor, voll in seine
Arbeit vertieft zu sein, doch Minea merkte sehr bald, dass er
aufmerksam lauschte und alles beobachtete, was im Laden vor
sich ging.

"Was sagst du zu unserem Schmuckstück? Willst du es auch
nicht anfassen wie die andern beiden?"

Minea legte die Bienen vor den Alten hin.

Der Alte warf einen Blick darauf. Er lehnte sich weit nach vorn
und wäre beinahe vom Sitz gefallen. Sein Mund blieb offen, alle
seine Gesichtsmuskeln arbeiteten und zitterten. Er schloss die
Augen, dann öffnete er sie wieder gross. Lange konnte er kein
Wort hervorbringen. Doch endlich kam es heiser und gepresst
aus ihm heraus:

"Die Bienen! Meine Bienen! Dass ich sie noch einmal sehe!"

49

Wieder schaute er auf das Gold, was vor ihm auf dem Tisch lag. Er hielt die Hände gespreizt darüber, wie um es zu schützen, doch rührte er es nicht an.

Dann holte er tief Atem, richtete sich auf und fragte mit leiser Stimme:

„Wo in aller Welt habt ihr die gefunden?"

"Kennst du das Stück denn?"

"Und ob ich's kenne! Als ich ein kleiner Lehrbub war wie Puponias neben mir hier, der Pupio, hat es mein alter Meister hergestellt. Es war der herrlichste Schmuck, der je in Kreta geschaffen wurde. Es gibt nur ein einziges solches Stück."

Er hatte sehr rasch gesprochen. Nun holte er wieder Atem und starrte lange auf den Schmuck.

„Das ist bestimmt schon seine fünfzig Jahre her, vielleicht auch sechzig. Ich habe meinem Meister von Anfang bis Ende zugeschaut, und ich habe ihm manchmal helfen dürfen. Wie gut erinnere ich mich an jene Stunden. Ich höre ihn noch genau, wie er gesagt hat, dass alles, was ein Goldschmied können muss, in diesem Stück vereint ist, Granulation, Filigran, Treiben, Niello, Gravur, und jede der Künste ist auf das vollkommenste ausgeführt. Ein wahres Meisterwerk, wie es in den letzten fünfzig Jahren leider nie mehr geschaffen wurde. Keiner der heute lebenden Künstler wäre imstande, etwas so Zierliches herzustellen."

Endlich nahm er den Schmuck in die Hand und strich sachte und liebevoll darüber.

„Meine Bienen! Dass ich sie nochmals halten darf!"

Der Lehrling war aufgestanden und hatte sich an die Seite des Goldschmieds begeben. Er reckte den Hals und wand sich, um ja einen vollen Blick zu erhaschen.

Lange blieb der Alte reglos sitzen und starrte nur auf den Schmuck, doch plötzlich legte er ihn zurück auf den Arbeitstisch. Rauh brach es aus ihm heraus.

„Unglück haben die Bienen meinem Meister gebracht!"

Adamas warf Minea einen bedeutsamen Blick zu – hab ich's nicht gesagt? Manis stand da und zuckte die Achseln. Alle drei fanden es angebracht zu schweigen. Sie warteten, was der Goldschmied wohl noch erzählen wollte. Er schien noch lange nicht zu Ende zu sein.

"Mein Lehrmeister – solche Goldschmiede gibt es wohl heute nicht mehr. Was der alles an Fähigkeiten und Fertigkeiten besass. Und die Geduld! Schaut doch her, wie der Draht hier durch den Körper gezogen ist. Sucht mal einen Handwerker, der heute noch zu solch heikler Arbeit fähig ist."

Und wieder drehte und wendete er das Stück.

Unterdessen waren die andern beiden Goldschmiede, die nichts vom Schmuck hatten wissen wollen, doch recht neugierig geworden und hatten den Laden auch betreten.

"Seht mal, wie die Augen gestaltet sind. Granuliert und eingelegt. Und die Granulation auf der grossen Scheibe! In vollkommen exakten konzentrischen Kreisen, mit winzigsten Kügelchen! Heutzutage sind die Goldschmiede froh, wenn sie überhaupt ein Granulat hinkriegen, auch ganz wild, und mit Kügelchen, die viel gröber sind."

Er konnte sich nicht satt sehen. Wieder schwieg Chrysotas und betrachtete das Stück lange, nahm es sorgfältig in seine Finger, drehte es um und musterte es nochmals von allen Seiten. Dann holte er eine Lupe aus einem Lederbeutel unter seinem Arbeitstisch hervor. Sie war aus geschliffenem Bergkristall gearbeitet. Damit prüfte er die Bienen noch genauer.

"Ein Wunderwerk! Und seht einmal, wie genial die Leiber getrieben sind, und hier die Ziselierung."

Die andern beiden Goldschmiede drängten sich in die Nähe, um auch etwas zu erspähen. Chrysotas liess den Schmuck nicht los. Er sass auf seinem Hocker und schüttelte den Kopf.

"Dass ich die Bienen wieder in der Hand halte! Darum bin ich so alt geworden, dass ich sie nochmals sehe. Wie oft habe ich von ihnen geträumt. So viele Jahre sind vergangen, seit wir sie herstellten. Aber was sag ich da WIR! – natürlich mein Meister, und ich durfte zuschauen und manchmal ein Werkzeug bringen oder gar einmal etwas festhalten oder beim Löten mit dem Feuer helfen."

Die beiden andern Goldschmiede starrten nun auch mit neuem Interesse auf das Werk und schwiegen.

Da betraten zwei einfache Seeleute die Bude und schauten sich um. Da der Meister beschäftigt war, fragte der Lehrbub sie, ob er ihnen helfen könne.

Sie suchten einen Tand, ein typisches kretisches Kettchen oder einen Ring für ihre Liebchen zuhause.

Der Lehrbub legte ihnen einige Schmuckstücke der billigeren Art vor, Kettchen, Anhänger, Broschen und Ringe aus bunten Steinen und Muscheln, und sie entschieden sich nach längerem Beraten und Diskutieren für je ein Kettchen und einen dazu passenden Armring aus roten und blauen Steinen. Doch blieben sie noch etwas im Laden stehen, da die Gruppe um Chrysotas immer erregter diskutierte und gestikulierte. Sie schauten den Goldschmieden über die Schulter und sahen nun das Schmuckstück auch. Das Gedränge wurde immer grösser.

Während alle das Stück bewunderten, traten zu allem Überfluss noch weitere Leute in den Laden, zwei vornehme Fremde. Es waren stattliche Männer mit angegrauten Haaren. Man sah ihnen sogleich an, dass sie nicht Kreter waren, aber auch nicht vom Festland, und dass sie nicht arm waren. Sie waren in gediegene Lederwamse gekleidet, die mit ungewohnten Pflanzenmotiven und Sonnen geschmückt waren. Auf dem Kopf trugen sie trotz der Hitze rote Kappen, die mit Pelzstückchen verziert waren. Alles in allem ein vornehmer, wenn auch fremdartiger Anblick. Manis vermutete, dass sie aus Syrien stammten.

Auf ihrer Suche nach einem Goldschmiedeladen war ihnen aufgefallen, dass sich mehrere Leute im kleinen bescheidenen Laden etwas abseits der grossen Läden drängten.

Nun wandten sich die beiden Syrer an Chrysotas. Nur der eine sprach, der andere schien wenig zu verstehen.

Die andern im Laden schwiegen und zogen sich etwas zurück, um den vornehmen Kunden Platz zu machen.

„Wir sind aus Syrien und irren schon seit Morgenanbruch in all den Läden an der Goldschmied-Gasse herum. Wir suchen für unsern Herrn etwas besonderes, das mit unserem heiligen Tier in Syrien zu tun hat, mit der Biene. Bis jetzt haben wir noch überhaupt nichts gefunden mit Bienen. Die Kreter haben nichts als Stiere im Kopf,"

sie lachten leise, „auch Ziegen stellen sie dar, und Löwen, oder auch Hunde. Aber Bienen? Das haben wir bis jetzt noch nicht gefunden. Habt ihr wohl zufällig etwas in dieser Art?"

Im selben Augenblick, als sie ihren Wunsch aussprachen, fiel ihr Blick auf die Bienen, die Minea auf den Tisch gelegt hatte.

Die beiden stiessen gleichzeitig einen Schrei des Entzückens aus.

„Genau das ist es, was wir suchen! Welcher Zufall! Welch ein Glück! Das wird unsern König freuen!"

Damit wandte der Syrer sich an den alten Goldschmied:

„Wieviel willst du für dieses hübsche Stück?"

„Entschuldigt, meine Herren," sagte Minea und nahm den Schmuck rasch an sich, „das gehört uns und ist nicht verkäuflich."

„Nicht verkäuflich?! Nennt einen Preis in Gold, wir bezahlen alles. Wir müssen es haben!"

„Nein, es gehört uns, wir möchten es behalten."

„Aber darf man fragen, woher ihr es denn habt?"

Der grössere der Syrer wandte sich an den alten Goldschmied.

„Hast du dieses prächtige Werk geschmiedet? Du bist wirklich ein Meister. Wenn die junge Dame da den Schmuck nicht verkaufen will, na gut, bitte mach uns einen zweiten in dieser Art."

Der Goldschmied seufzte.

„Das ist schwerlich möglich. Mein alter Meister hat den Schmuck vor etwa fünfzig Jahren gemacht, als ich bei ihm in der Lehre war. Ich habe von Anfang bis Ende mitgeholfen. Aber heute habe ich keine Finger mehr für solch delikate Techniken.

Ich kenne auch keinen Goldschmied, der noch solch herrliche Sachen schaffen kann," fügte er mit einem giftigen Blick auf seine zwei jüngeren Kollegen hinzu, die das Gespräch interessiert verfolgten.

Einen Moment lang waren alle still. Dann hörte man den jungen Goldschmied, den rotbackigen mit den Pi-ckeln, tief Atem holen, und endlich stiess er hervor:

„Ich schaffe euch ein ebenso schönes Stück."

Es ärgerte ihn ungemein, dass er Minea so barsch abgewiesen hatte. Hätte er ihr den Schmuck abgekauft vor einer halben Stunde, wäre ihm nun ein glänzendes Geschäft sicher gewesen. Er hätte bestimmt den ganzen Monat nicht mehr arbeiten müssen mit dem Gewinn. Wie töricht er gewesen war! Nun wollte er versuchen, den Schaden wieder einigermassen gutzumachen.

Erstaunt, ja verärgert sahen ihn alle an. Die Syrer jedoch waren erleichtert, dass ihr schwieriger Auftrag doch noch zu einem guten Ende geführt würde.

„Wirklich, da wären wir sehr dankbar."

„Wie lange gebt ihr mir Zeit für die Arbeit?"

„Wir haben noch einiges an Geschäften. In sieben Tagen fährt unser Schiff zurück nach Syrien, bis dann müssten wir den Schmuck haben."

Der Alte auf seinem Stuhl schmunzelte erleichtert. Wie gut erinnerte er sich, dass damals sein Lehrmeister etwa drei Monate für die schwierige Arbeit verwendet hatte. Somit wäre also nichts mit dem Geschäft.

Doch der junge Goldschmied schluckte zweimal leer, wurde noch röter im Gesicht, dann sagte er zur Verblüffung aller:

„Gut, in sieben Tagen könnt ihr euren Schmuck haben."

Darauf verliess er den Laden rasch, und die beiden Syrer folgten ihm in seine grössere Bude, um die Einzelheiten zu besprechen.

Sprachlos blieben die andern zurück. Als sie allein waren, brach Minea in ein schallendes Lachen aus.

„Nimmt mich nur wunder, wie der das machen will. Hat er unsern Schatz überhaupt genau angeschaut?"

Der alte Goldschmied hatte sich auf einen Hocker gesetzt und konnte sich nicht fassen.

„Was meint denn der arrogante Kerl? Er will so etwas Einmaliges nachmachen, und erst noch in sieben Tagen?" sagte Manis.

Der Alte hatte sich wieder gefasst und fragte nun endlich:

„Aber sagt mir, woher in aller Welt habt ihr das Ding?"

Rasch schaute sich Minea um, ob niemand mehr in der Bude war, der ihnen zuhörte. Doch ausser dem Lehrbuben und dem Alten hatten alle den Laden verlassen, um die spannendere Fortsetzung, nämlich das finanzielle Geschäft zwischen dem jungen Goldschmied und den Syrern, mitzubekommen.

Nun begann Manis zu erzählen. Er schilderte, wie er als Kind in Anemospili aufgewachsen war, wie sein Vater der Oberpriester ihm jedoch noch nicht Einblick gewährt hatte in das Treiben am Tempel. Wertvolle Pilger- und Dankesgaben seien direkt an den Palast weitergegeben worden, oder, wie dieses Stück, ausnahmsweise vergraben worden durch den alten Gärtner im Kräutergarten. Diese Gabe allerdings sei erst kurz vor dem Erdbeben an den Tempel abgeliefert worden, wohl als einer der letzten Versuche, das finale Unglück abzuwenden. Wenig hatte es dem Tempel genützt, dem Palast jedoch schon, der war zum grossen Teil verschont geblieben.

Weitere Einzelheiten erübrigten sich, fand er.

„Ich glaubte schon, das Stück sei für immer verloren."

„Ja hast du denn eine Ahnung, wo es sich in den letzten fünfzig Jahren befunden hat? Für wen hat es dein Meister denn damals vor fünfzig Jahren hergestellt?"

„Unglück hat es ihm gebracht. Das war so eine leidige Sache: Ein Gesandter aus Anatolien oder Syrien oder aus dem Hethiterreich, vielleicht auch von weiter her, aus dem Zweistromland, besuchte Kreta und brachte dem Palast irgendeinen grossen Gewinn oder Erfolg. Als Dank dafür wollte der Palast ihm etwas besonders Wertvolles mitgeben als Geschenk. Mein Meister wurde beauftragt, ein Schmuckstück zu schaffen, das irgend etwas mit Bienen zu tun hatte. So entstand dieses herrliche Stück."

Lange schwieg der Alte und hing seinen Gedanken nach.

„Aber es brachte ihm nur Unglück. Als es fertig war, brachten wir es zum Palast. Der Wächter an der Türe trug unser Paket hinein zum damaligen König oder zu einem Oberpriester, und nach einer langen Weile kam er zurück mit dem vereinbarten Lohn. Es wurde kein Wort gesprochen, kein Lob, kein Dank. Der Meister war enttäuscht. Wir beide hatten damals keine Ahnung, wer den Schmuck bekommen hat. Er wurde an irgend einen fremden Gesandten weitergegeben."

Er sass lange in Gedanken versunken.

„Doch nach zwei Monaten wurde alles anders. Als mein Meister und ich wieder in der Werkstatt sassen, da stürmte ein wilder fremdartiger Mann mit zottiger Mähne herein und schmiss uns das Schmuckstück – diese Bienen hier! – auf die Werkbank und fluchte: 'Da habt ihr euer unseliges Stückwerk wieder zurück, es hat nur Unheil gestiftet. Es hat uns Krieg mit den Nachbarn beschert.' Dann stürmte er davon.

Wir sassen verdutzt da und schauten die Bienen an. Sie hatten beinahe keinen Schaden genommen trotz der unflätigen Behandlung.

Nun hatten wir sie wieder, aber im Grunde hatten wir ein schlechtes Gewissen, denn den Lohn hatte mein Meister ja empfangen, obwohl sein Werk nicht geschätzt worden war. Der Palast wusste wohl nichts davon, dass der Empfänger keine Freude daran hatte."

Wieder hielt er inne und streichelte die Bienen.

„Und dann, ja dann nach drei Tagen geschah es. Als mein Meister mitten in der Nacht noch etwas in seiner Werkstatt fertigstellen wollte, wurde er überfallen und erdrosselt. Kein Mensch hat den Überfall gesehen, kein Mensch weiss, wie es zuging, ob einer allein oder mehrere Mörder da waren."

Die drei Zuhörer und der Lehrbub schwiegen. Sie wollten dem Alten Zeit geben, das Geschehnis noch einmal zu verkraften. Der Alte bebte und rang nach Atem. Die Erinnerung an das schreckliche Ereignis erschütterte ihn beim Erzählen.

Doch dann fasste er sich und fuhr ruhiger weiter.

„Ich fand ihn am nächsten Morgen in der Werkstatt, erwürgt. Ich fürchtete mich ganz schrecklich, die Mörder würden wiederkommen. So packte ich den Bienenschmuck und trug ihn zur Frau des ermordeten Goldschmiedes. Sie dankte mir und entliess mich mit einem kleinen Lohn."

Der Goldschmied hielt inne und schöpfte wieder Atem nach seiner langen Erzählung. Dann fuhr er fort:

„Mir blieb nichts anderes übrig, als einen neuen Meister zu suchen. Immer hoffte ich, dem toten Meister nacheifern zu können und ebenso geschickt zu werden. Ich habe es recht weit gebracht in der Kunst, aber meinen alten Meister erreicht keiner mehr!"

„Und die Bienen?"

„Nie wieder habe ich von ihnen gehört oder sie gesehen – bis heute! Ich habe nie erfahren, an wen die Frau meines Meisters die Bienen weitergegeben hat."

Er schüttelte die traurigen Erinnerungen ab und fragte mit frischer Stimme:

„Und nun? Was habt ihr im Sinn mit dem Schmuck?"

„Er ist dem Tempel geweiht worden, also wollen wir ihn nicht den Göttern wegnehmen. Wir haben im Sinn, ihn als Weihgabe an den Wettstreit zu bringen am Fest auf dem Juchtas. Wir wollen sie Melissa weihen, der Nymphe, die den kleinen Zeus mit Honig versorgte. Wäre das nicht eine würdige neue Besitzerin?"

„Ihr könntet mir keine grössere Freude machen. Für eine Amme des Zeus, für eine Weihgabe – die wahre Bestimmung für ein solch prächtiges Werk."

Sie verabschiedeten sich herzlich, und als sie den Laden verliessen, rief ihnen der Goldschmied mit frischer Stimme noch nach:

„Ich werde auch auf dem Juchtas sein! Ich möchte doch dabei sein, wenn der König die Gabe entgegennimmt."

Er war in dieser Stunde um zehn Jahre jünger geworden.

# 7

Draussen atmete Kalliopi tief ein. Besonders erfrischend war die Luft allerdings nicht, es war über vierunddreissig Grad, die Stadtluft war benzingetränkt und der Staub der zahllosen Baustellen machte sie auch nicht frischer.

Vera zog sie hinter sich her durch die lärmigen Strassen, und in wenigen Minuten waren sie in der kleinen Pension. Sie schloss auf und liess Kalliopi eintreten.

Im Zimmer liess sich die Wärterin auf den einzigen Stuhl fallen. Sie wirkte total erschöpft und ausgelaugt. Dann zog sie ihre Jacke aus.

"Willst du dich nicht ein bisschen hinlegen? Ein halbes Stündchen Schlaf ist Gold wert an einem so heissen Tag. Doch zuerst wollen wir noch etwas trinken."

Eis war vorhanden im Kühlschrank. Die Wasserflasche war schon geöffnet, das Wasser schmeckte etwas abgestanden. Also warum nicht noch einen kräftigen Schluck Ouzo hineingeben? Das frischte den schalen Geschmack auf und gab Schwung für den Rest des Tages.

Gierig trank Kalliopi ihr Glas aus und liess sich gleich nachfüllen.

„Das war jetzt die letzte Flasche. Lass mich rasch hinuntergehen und frisches Wasser besorgen. Der Laden ist gleich gegenüber, ich bin sofort wieder zurück. Ruh dich unterdessen aus."

Als Vera mit drei grossen Flaschen Wasser, einem Päckchen Oliven und einigen Biskuits zurückkam, lag Kalliopi in tiefem Schlaf auf dem Bett. Sie hatte die Uniform ausgezogen und die beiden Teile sorgfältig auf den Stuhl gelegt.

Die Uniform? Vera zuckte zusammen. Eine solche Uniform – das Kennzeichen dafür, dass man selber ein Teil von diesem Museum voller Wunder war, ein unverwechselbares Symbol. Es verschaffte der Trägerin ein Sonderrecht, sie war damit privilegiert, ganz nahe und ständig bei den minoischen Wundern zu sein und sie zu schützen.

Einmal in so etwas stecken, einmal im Spiegel schauen, wie das wirkte, einmal sich als Teil des Museums fühlen ...

Und schon hatte sie sich ihrer Jeans und des geblümten Shirts entledigt und sich die dunkelblauen Teile angezogen. Sie trat vor den Spiegel – wie angegossen sassen sie. Wir gleichen uns nicht nur in den Gesichtszügen, wir sind auch genau gleich gebaut, stellte Vera fest.

Das Museum war nur einige Schritte entfernt.

# 8

Als am Festtag die Sonnenstrahlen endlich ihren Weg auch in die Höhle am Fuss des Juchtas fanden und die Schläfer blendeten, stand Lelio am Eingang und schaute in die Ferne. Sie war gekommen, die drei abzuholen, um mit ihnen gemeinsam ans grosse Fest zu gehen und die Bienen zu überbringen. Doch zuerst genossen sie zusammen das Frühstück, das Lelio mitgebracht hatte: ein von ihr kreierter Kuchen aus Feigen und Pistazien in einem Teig aus Hirse und Eiern.

Es war ein grosser Tag für die Kreter. Minea freute sich wie ein kleines Kind, ein solches Fest zu erleben. Die andern, die schon einige Male dabeigewesen waren und wussten, was sie erwartete, freuten sich besonders auf den Augenblick, wenn sie die Bienen aus Gold ihrem Zweck übergeben würden. Es herrschte ausnahmsweise einmal volle Einigkeit unter den Höhlenbewohnern; alle drei waren zufrieden mit der Lösung und waren überzeugt, dass sie die ideale Bestimmung für die Goldbienen gefunden hatten.

Um auf den Nordgipfel des Juchtas zu gelangen wäre es von Anemospili aus für junge Leute leicht, einfach den Grat hinaufzuklettern, direkt zum Zeus-Altar, der zu oberst auf gewaltigen Untermauerungen aufgebaut war. Doch diesmal wollten sie nicht über die gewohnte Abkürzung auf den Gipfel gelangen, sondern über Archanes, so konnten sie den bequemeren Aufstieg über die Ostflanke nehmen und hätten erst noch die Gesellschaft anderer Festbesucher.

Auf der Strasse unten im Tal sahen sie schon von weitem eine farbige Schlange, die sich langsam aufwärts bewegte. Die vielen Menschen, die unterwegs ans Fest waren, hatte sich alle bunt herausgeputzt. Die Leute waren vergnügt, sangen Lieder und spielten auf Instrumenten. Das Fest zu Ehren des Zeus war schon kräftig angelaufen.

Zeus war auf Kreta geboren, und er hatte seine Kindheit hier verbracht. Ob auf der Nida-Hochebene oder auf Lassithi, war zwar nicht ganz klar, aber das war ja einerlei - Hauptsache auf Kreta.

Sein Vater Kronos hatte zwar geglaubt, er habe alle seine Kinder verschluckt, da sie ihm gefährlich werden könnten. Doch die Mutter Rhea hatte ihr letztes Kind vor dem Schicksal verschonen wollen, das Vater Kronos seinen andern Kindern zugedacht hatte, und sich eine List ausgedacht. Der Stein, den die Gattin ihrem eifersüchtigen Gatten als Ersatz für das Zeus-Baby präsentierte, war in Windeln gewickelt und wurde so anstandslos geschluckt. Kronos hatte die Kinder jeweils nicht zermalmt, sondern als Ganzes hinuntergeschluckt. Und so hatte auch diesmal Kronos nicht zugebissen, sonst hätte er sich an dem Stein leicht einen Zahn ausbeissen können. Die Heruntergeschluckten konnten wieder in ihrer Ganzheit unversehrt aus dem gewaltigen Göttermagen ausgespuckt werden; ein kleines Brechmittel hatte diesen Dienst getan; der junge Zeus, der draussen gebliebene, der schlaue, hatte es ihm präpariert und reichen lassen.

Als erstes spuckte Kronos den Stein aus, den er anstelle des Baby Zeus verschlungen hatte. Zeus, unerkannt vom Vater, trug diesen Stein sogleich persönlich nach Delphi, um sich an diesem für Götter und Menschen so wichtigen Ort Sympathien zu gewinnen. Dort ist der Stein nun als Omphalos, Nabel der Welt, zu sehen. Nach dem Stein wurden dann anschliessend seine Geschwister wieder aus dem göttlichen Magen an die frische Luft herausgepresst - Hera, Poseidon, Hades, Demeter, Hestia.

Dass Zeus das schlauste der Kinder war, allen andern überlegen, hatte er also gleich zu Beginn seiner Lebensbahn bewiesen. Jedenfalls hatte er durch sein schon etwas ausgedehnteres Erdenleben einen Vorsprung vor seinen im Magendunkel herangewachsenen Geschwister. So war es verständlich, dass er sich selber zum Weltenobersten vorschlug, während er seinen Geschwistern grosszügig andere Ressorts zuwies: Poseidon etwa bekam das Meer, Hades die Unterwelt. Zeus behielt für sich selber ebenfalls die Ressorts Gewitter, Blitze, Meteore; auch verwaltete er die Träume, die er den Sterblichen nach Gutdünken zuwies.

Der Insel seiner Geburt und seiner Kinderzeit blieb er treu sein ganzes Leben lang, jedenfalls legte er sich zur Ruhe gleich südlich von Iraklion und Knossos. Dort sieht man ihn schlafend im Profil des Berges Juchtas. Auf diesem Profil von der Stirne über die Nasenspitze bis zum Spitzbärtchen, also auf dem ganzen Grat, wurde das Fest gefeiert.

Inmitten von einer Schar von Hunderten von Kretern stiegen die drei den Bergpfad hinan und lachten und schwatzten mit den Weggefährten. In angenehmen Windungen war der Weg so angelegt, dass er nirgends zu steil war. Auch Ältere und solche, die nicht allzu wanderfreudig waren, oder solche, deren Schuhwerk nicht bergtüchtig war, konnten ohne grosse Schwierigkeiten bis hinauf gelangen.

Minea fand gleich Gesprächspartner.

„Sag mir, worauf freust du dich denn am meisten?" fragte sie ein altes Mütterchen, das etwas mühsam aufwärts keuchte.

„Auf das Opferfleisch. Fleisch habe ich schon einen Monat lang nicht mehr gegessen, und ich mag es so."

„Ich freue mich auf das Festspiel, besonders auf die Szene mit den Kureten," sagte ihr Sohn in mittleren Jahren, „denn als ich klein war, habe ich dort auch mitgewirkt. Nimmt mich wunder, ob die Szene immer noch so grossartig gespielt wird wie wir es damals machten."

Oben fanden sich auf der ganzen Länge des Grates die mannigfaltigsten Belustigungen. Es gab einiges zu hören, zu sehen, zu kosten, zu kaufen, zu erleben.

Handwerker hatten ihre Stände aufgestellt und zeigten dem Volk, was und wie sie arbeiteten, zu Ehren der Götter und zum Nutzen des Palastes, also der ganzen Insel. Ein Schreiner, ein Färber, ein Käsehersteller, ein Gerber und viele andere Berufsleute waren eifrig daran, den Besuchern ihre Künste zu zeigen und gleich auch ihre Produkte zu verkaufen. Sie hatten keine Mühe, die Festbesucher waren in bester Spenderlaune.

Ein Schalk hatte sich verkleidet, hatte sich ganz in bronzefarbene Tücher gehüllt, so dass er wahrhaftig aussah wie Talos, der bronzene Riese. Er stapfte in grossen Schritten um die Volksmenge herum und rief laut aus, dass jeder, der sich nicht standesgemäss gebärde, von ihm in die glühenden Arme genommen und solange geherzt und gedrückt werde, bis er versenge an seinem glühenden Körper. Jedes Kind kannte die Geschichte vom Riesen Talos, der einmal im Tag um Kreta herum schreitet und fremde Eindringlinge fernhält. Die kleinen Kinder schrieen und rannten Schutz suchend zu ihren Müttern, die älteren hatten ihren Spass daran, den falschen Riesen zu berühren, zu zwicken, zu stossen. Sie hüteten sich jedoch, erwischt und gepackt zu werden.

Lebensmittelverkäufer und Getränkehersteller offerierten Labung für Festbesucher, welche die Bergstrecke etwas allzu rasch bewältigt hatten. Bäcker, Obstverkäufer, Joghurt-Händler freuten sich über die blendenden Geschäfte. Ein Melker zeigte den Zuschauern, wie aus Ziegenmilch Käse entstand. Er ärgerte sich, dass er nicht mehr fertigen Käse mitgenommen hatte. Sein Vorrat fand so raschen Absatz, dass seine Kiste schon leer war, bevor das Fest richtig in Schwung kam, und hungrige Kunden mussten enttäuscht abziehen.

Minea war entzückt von der vielfältigen Schau. Ein solches Fest hatte auf Kalliste nie stattgefunden. Bestimmt nicht auf einem Berg, denn der Pelias, der bescheidene Berg von Kalliste, war mit so vielen Büschen und Dornen bewachsen gewesen, dass er unzugänglich war. Feste wurden in Akrotiri nicht gefeiert, um einen Gott zu ehren, sondern eher um erfolgreiche Seefahrer auszuzeichnen, und fanden deshalb am Hafen unten statt.

Ein Herold verkündete den Beginn des feierlicheren Teils des Festes: Erst sollten die Weihgaben dargebracht werden, dann die Ritual-Spiele folgen. Die Gaben konnten entweder dem Kinde Zeus oder einer seiner Pflegerinnen, den göttlichen Nymphen

Melissa und Amaltheia, dargebracht werden. Amaltheia hatte sich besonders um die Ziegen gekümmert, damit der göttliche Säugling genügend Milch erhielt, und Melissa hatte sich um den Honig bemüht, der Hauptspeise von Klein-Zeus. Als Schiedsrichter amteten für Zeus zwei Priester, für Amaltheia vier Ziegenhirten und für Melissa waren die fünf Imker, die auf dem Juchtas und an seinen Abhängen arbeiteten, zuständig. Über allen sass der König und begutachtete und verdankte auch jedes Geschenk.

Wohl geordnet in drei Reihen traten die Kreter an, die eine Gabe darbringen wollten.

Für das göttliche Kind gab es verschiedene Brote und Kuchen in der Form einer Wiege oder eines Säuglings, da war auch ein winziger Thron aus Ton, ein Szepter aus Lindenholz, und viel niedliches Spielzeug aus den unterschiedlichsten Materialien.

Für Amaltheia, die Ziegen-Nymphe hatte einer eine kräftige Ziege aus Olivenholz geschnitzt, ein anderer ein putziges Böckchen aus gelbem Speckstein; Ziegenförmiges gab es ferner aus Butter, aus Käse, aus Fladenteig. Dazu kamen eine Unmenge Töpfe und Krüglein der verschiedensten Art für die Milch.

Am Tisch der Imker, die für Melissa amteten, hörte man immer wieder entzückte Ah- und Oh-Rufe. Eine wunderschöne Holzarbeit stellte einen Bienenstock dar, auf welchem unzählige Bienen herumkrochen. Ein Getränkehersteller brachte eine Flasche Met einer von ihm ersonnenen Art, ein Imker schleppte ein Fass voll Honig herbei, das so gross war, dass man ein Kind drin hätte baden können.

Gabe um Gabe wurde auf die drei Tische gestellt, jede Gabe wurde gebührend bewundert, gelobt und verdankt.

Endlich war die Reihe an Minea. Mit dem Steinschächtelchen in der Hand trat sie vor die fünf Imker und hell tönte ihre Stimme, als sie sagte:

„Hier ein Geschenk zu Ehren von Melissa." Schwungvoll öffnete sie den Deckel mit dem Hund als Griff und hielt dem Schiedsgericht den Bienenschmuck zur Begutachtung hin.

Eine lange Minute der Stille folgte.

Der kleinste Imker hauchte kaum hörbar:

„Wunderschön!"

Und ein andere flüsterte:

„Unglaublich."

Die Leute, die noch warteten, bis sie ihre Geschenke abgeben konnten, reckten die Hälse und drängten herzu um zu sehen, was die Imker verstummen liess. Es war nichts Spektakuläres, das man in die Höhe halten konnte, damit es alle sahen, nichts protzig Grosses, das jedem in die Augen stach. Es schien etwas ganz Winziges, das man aus der Nähe betrachten musste,

Alle wollten einen Blick erhaschen und stiessen einander auf die Seite. Wer immer ein Auge auf die Bienen werfen konnte, fand keine Worte und schnappte nach Luft. Eine andächtige Stille lag über der Menge.

Doch dann begann ein älterer Imker lauthals und ganz ungehörig zu lachen. Er fiel auf durch einen übergrossen Kopf voller schwarzer Locken und einen unförmigen starken Körper. Er gestikulierte wild mit seinen patschigen Händen und keuchte und schnaubte so laut, dass man es leicht bis zum Altar hin hören konnte. Sein Lachen dröhnte über die Köpfe hinweg, so dass alle sich nach ihm umwandten um zu sehen, was denn los sei.

„Lächerlich! Das sollen Bienen sein? Schaut mal an, der Stümper!"

Mit diesen Worten packte er die Bienen und hielt sie hoch in die Luft. Die Umstehenden schrieen auf: „Aufpassen!" „Sorgfältig!" „Gib her, halt ein!"

Er hielt sich den Schmuck vor die Augen und rief:

„So lange Körper, und die haben ja überhaupt nur Vorderbeine. Habt ihr schon einmal eine zweibeinige Biene getroffen? Und was soll denn das da sein, das sie halten? Gar eine Wabe? Habt ihr schon Bienen gesehen, die eine Wabe halten?"

Und wieder dröhnte sein spottendes Lachen über die Menge.

„Hahaha. Das sind doch eher Wespen, oder gar Hornissen? Mit

enen will Melissa doch nichts zu tun haben. Eine Schande für Bienen!"

Die jüngeren Imker waren etwas eingeschüchtert von dem grossen Hünen und wagten kaum zu widersprechen. Doch was der jetzt bot, war zuviel.

„Das, was eine Biene ausmacht, ich weiss nicht genau was, scheint mir wundervoll dargestellt," wagte der jüngste einzufügen.

„Ich kann nicht sagen, woran es liegt, aber mir gefallen sie einfach," rief einer, und die Umstehenden stimmten eifrig zu.

„Ob exakt oder nicht, ist doch Nebensache. Hauptsache ist die Schönheit und die Feinheit der Arbeit," wagte ein anderer einzuwerfen.

„Es soll ja gar nicht eine genaue Biene sein. Der Künstler hat einfach etwas Bienenhaftes, oder eher Überbienenhaftes, darstellen wollen," stellte der älteste der fünf Imker fest, ein Mensch, der als Denker galt, weil er meist schwieg.

„Mir gefallen sie überhaupt nicht. Pfuscherei, eine Beleidigung für jede anständige Biene!" rief der Schwarzgelockte nochmals laut und warf die Bienen unsanft auf den Tisch zurück.

Der König wurde ungeduldig und wollte sehen, was das Gelächter und den Aufruhr am Tisch der Melissa bewirkt hatte. Er liess sich das Stück reichen.

Lange schaute er auf das Kunstwerk, lange schwieg er. Dann hielt er die Hände hoch, schaute in den Himmel hinauf und sprach:

„Die Götter haben mir ein Wunder geschenkt! Etwas so Herrliches habe ich noch gar nie gesehen. Etwas Überirdisches! Wahrhaftig eine Ehrengabe für Melissa."

Das Schmuckstück wurde emporgehoben, und alle durften einen Blick drauf werfen. Allerdings konnten die meisten Leute nichts Genaues sehen, aber das war ja egal. Wenn es dem König so gut gefiel, musste es ja wirklich einmalig sein.

"Unglaublich, köstlich, zauberhaft, raffiniert, zierlich, göttlich, himmlisch," klang es von rundherum.

Ohne sich lange besinnen zu müssen sprachen die Imker dem Geschenk Mineas den Preis zu, der König stimmte ihnen zu, und Minea erhielt ihren Lorbeerkranz.

Empört und mit einem Fluchwort auf den Lippen wandte sich der grosse Schwarzhaarige ab und verschwand in der Menge.

Der König wollte nun noch die Spender des preisgekrönten Stücks persönlich kennen lernen. Minea trat errötend vor und zog Adamas und Manis hinter sich her.

Sie verneigte sich. Dann berichtete sie wahrheitsgetreu, dass das Stück eine Weihgabe in Anemospili gewesen sei und sich jetzt bestens eigne für Melissa. Sie erzählten auch, dass das Schmuckstück schon über fünfzig Jahre alt sei und dass der Lehrbub des Meisters, der es damals hergestellt hatte, noch lebe und immer noch in seinem Beruf als Goldschmied Kunstwerke schaffe.

„Den Goldschmied muss ich kennen lernen. Ich will persönlich von ihm hören, wie er das Stück gemacht hat," rief der König begeistert aus. Sie versprachen, ihn herbeizuschaffen, sobald sie ihn fanden.

Dann wandte der König sich an seine junge Tochter, die hinter ihm sass. Sie war auserwählt worden, in den bald folgenden rituellen Szenen die Rolle der Melissa zu übernehmen.

„Der richtige Schmuck für dich," sagte der König.

Doch er wusste nicht, wie er ihn ihr umhängen sollte, da nur eine winzige Aufhängevorrichtung am Schmuckstück war.

„Da müsste noch ein grösseres Ringlein sein," murmelte er, „man müsste noch eine Schlaufe anbringen, damit meine Tochter das Stück immer tragen kann. Für heute kannst du die Bienen oben im Mieder tragen."

Er wandte sich ihr zu und steckte ihr den Schmuck sorgfältig in den Ausschnitt ihres weissen Kleides.

„So liegen die Bienen direkt auf deinem Herzen; sie werden dir bestimmt helfen, eine gute Melissa darzustellen."

Das war das Zeichen zum Beginn der Ritual-Spiele, eine besonders feierliche Angelegenheit.

Minea war gespannt, was sich da abspielen würde. Adamas hatte ihr all die Zeus-Geschichten erzählt, die für Kreter so bedeutend sind, da sie Kretas besondere Nähe zu den Göttern und somit Kretas Überlegenheit über andere Länder bewiesen.

Allerdings fand sie es typisch für die Kreter, dass sie sich nicht einigen konnten, in welcher Höhle genau das Baby Zeus geboren und in welcher es grossgezogen worden war, und dass sie dann, aus Gerechtigkeit, weder die Lassithi-Höhle noch die Nida-Höhle bevorzugten, sondern das Fest auf den Juchtas legten, schön in die Mitte zwischen den beiden möglichen Orten.

Das Ritualspiel begann damit, dass ein Kindergeschrei hörbar werden musste. Mit dieser akustisch anspruchsvollen Aufgabe wurde jeweils ein forscher Junge betraut, der eine besonders kräftige Stimme besass. Doch allzu lange durfte er sein Baby-Geschrei nicht produzieren, sonst hätte Kronos es hören können.

Also kamen rasch die Kureten zum Zug. Neben den Betreuerinnen des kleinen Zeus waren sie die wichtigsten Akteure. Wann immer das Zeusknäblein laut schrie, mussten die Kureten noch lauter lärmen, damit Vater Kronos nicht ein Kindergeschrei hören und Verdacht schöpfen könnte. Dazu schlugen die Kureten mit Stecken auf Schilder und verstärkten den Lärm noch gehörig mit Kriegsgebrüll. Noch und noch war den kleinen Kretern diese Geschichte erzählt worden, und sie konnten nie genug davon bekommen sie anzuhören. Die Szene gespielt zu sehen, war für jeden ein Fest; gar selber zu agieren und den nötigen Lärm zu produzieren, war der Inbegriff eines Bubentraumes und der Höhepunkt eines Bubenlebens. Die Szene und vor allem die Lärmproduktion wurden jeweils im Voraus genüsslich einstudiert und geübt. Allerdings machte sich der Radau in den Ritual-Aufführungen meist selbständig, und die Priester hatten ihre liebe Mühe, die so lebensnah agierenden Jungen endlich wieder zur Ruhe zu bewegen.

Nach diesem ersten Höhepunkt folgten die Szenen der Mädchen. Dieser Teil war ebenso aufwendig und wurde ebenso sorgfältig einstudiert. In Weiss gekleidet agierten Töchter von Priestern und höheren Beamten als Betreuerinnen und Dienerinnen der beiden Nymphen. Die Hauptrollen der Nymphen selber übernehmen zu dürfen, war eine grosse Ehre, und es brauchte manchmal einiges an Listen und Ränken um andere Bewerberinnen auszustechen. Noch Jahrtausende später bemühten sich junge Mädchen in einem ähnlichen Ritualspiel auf die gleiche Art um die Rolle der Mutter eines göttlichen Säuglings in einer Krippe.

Dass diesmal die Königstochter selber zum Zuge kam, lag auf der Hand, da das Fest genau an ihrem Geburtstag stattfand. Sie hatte die Rolle der Melissa gewählt, denn sich um Honig zu bemühen war die attraktivere Aufgabe. Die Rolle der Ziegen-Nymphe Amaltheia war schwieriger zu spielen, denn um Milch für das Baby zu gewinnen musste zwingend auch eine Ziege dabei sein. Die lebendige Ziege war jedoch ein riskantes Requisit; schon mehrmals hatte sie für unliebsame Zwischenfälle gesorgt. Es war nicht immer leicht, stolz göttliche Haltung zu bewahren, wenn einem eine störrische Ziege die Schau stahl.

Die erste Szene war der Milchbeschaffung gewidmet.

Die zweite Szene mit dem Thema Honig bestritt Melissa mit ihren Priesterinnen. Die Königstochter, prächtig in weite Schleier gekleidet und auf einem hohen Berg von aufgeschichteten Zweigen sitzend, hielt sich steif und aufrecht, um ja würdig und göttlich zu wirken. Nicht weit von ihr war ein Bienenstock aufgestellt. Als die Priesterinnen sich ehrfürchtig näherten, erhob sich Melissa und wandte sich mit grosser Geste dem Bienenstock zu, um als erste die Waben herauszuholen.

Da geschah etwas, das niemand vorausgesehen hatte. Ein riesiger Bienenschwarm schoss erzürnt aus den Büschen hervor; niemand sah genau, woher er gekommen war. In wenigen Sekunden war die Königstochter umringt von Hunderten, ja Tausenden von Bienen. Sie schrie in Todesnot, versuchte sich zu wehren und schlug wild um sich. Doch das machte die Bienen nur noch rasender, noch dichter flogen sie um das Kind herum.

Es dauerte nur wenige Momente, dann fiel es um und lag auf der Wiese wie tot.

Von weitem mussten die Leute hilflos zusehen. Sie schrien entsetzt, verdeckten ihre Gesichter, warfen sich einander in die Arme.

Zwei Imker, die in der Nähe standen, rissen die Netze herunter, die sie wie Halskrausen um den Hals gebunden hatten, hüllten sich ein und eilten wohlbeschützt zur Insektenwolke: Sie versuchten einzudringen und das Kind herauszuziehen.

Jedermann erwartete, dass sich die Bienen noch wilder gebärdeten, wenn sich die Imker einmischten. Doch es geschah anders: die Bienen flogen weniger rasend herum, wurden lahmer und lahmer, ermüdeten, und nach und nach stürzten sie alle zu Boden und lagen dort in weitem Kreis tot im Gras.

Die Imker standen entgeistert da; so etwas hatten sie noch nie erlebt. Sie konnten sich nicht erklären, was da geschehen war und warum die Bienen auf einmal alle tot waren.

Als sich wirklich keine einzige Biene mehr regte, eilten Magier und Heiler, Priester und Beamte herbei um zu sehen, was für einen Schaden das Kind genommen hatte. Allen voran stürzte sich der König auf seine Tochter, die reglos auf der Wiese lag. Sie würde wohl bedeckt sein von Hunderten von gefährlichen Bienenstichen.

Die Zuschauer wagten sich einige Schritte näher, um einen Blick auf den zerstochenen Körper und die sterbende Prinzessin zu erhaschen, wie sie meinten.

Doch ein Wunder war geschehen. Als sie nämlich genauer hinschauten, hatte das Mädchen keinen einzigen Bienenstich. Es war vor Schrecken auf den Boden gefallen, doch jetzt stand es auf, erst benommen, dann lächelnd, und schliesslich hüpfte es munter lachend herum. Es wollte noch die Szene zu Ende spielen. Völlig unbeschadet hatte es diesen Angriff überstanden.

Der König nahm sein Töchterchen in die Arme und murmelte: Ein Wunder!

Die Zuschauer sahen sich erstaunt an und flüsterten es sich erst zu, dann ging das Wort immer lauter von Mund zu Mund:

„Ein Wunder! Ein Wunder ist geschehen! Das Kind ist verschont geblieben, nicht einen einzigen Stich hat es erlitten, und alle Bienen sind tot."

Wie war das geschehen?

Den anwesenden Priestern bereitete es einige Mühe, eine einleuchtende Erklärung zu finden und sie dem Volk zu verkünden, denn jeder wusste es besser als der andere.

Möglicherweise hatte die Nymphe Melissa selber, die das Kind ja verkörpert hatte, eingegriffen und ihren Tieren, den heiligen Bienen, befohlen, dem königlichen Kind nichts anzutun. Hatte es sich nicht grossartig um die Darstellung der Nymphe verdient gemacht?

Andere schoben den Erfolg Zeus persönlich zu: der grosse Gott selber hatte die Bienen mit einem unsichtbaren, nur Bienen treffenden Blitzschlag zur Ordnung gerufen. Er konnte es doch nicht zulassen, dass einem Königskind Böses geschah, wenn es eben daran war, die Geschichte des Gottes Zeus höchst persönlich darzustellen. So verstanden einige das Wunder als eindeutig göttliches Eingreifen von oben, ein Zeichen, dass der höchste Gott sehr zufrieden war mit der Art, wie die Leute ihn auf dem Juchtas, seinem heiligen Berg, verehrten, und speziell wie die kleinen Mädchen sich um die szenische Gestaltung bemühten.

Bald war eine Lösung gefunden, die von allen akzeptiert wurde: Retter war das Amulett, der Goldschmuck mit den zwei Bienen, das der König seinem Kind in das Mieder geschoben hatte. Dies wurde ganz allgemein als die plausibelste Erklärung angesehen. Das Wunder war durch das Amulett bewirkt worden. Es wäre schäbig gewesen von Melissa, wenn sie ein Unschuldskind hätte umkommen lassen, das auf sich eine ihr geweihte Gabe trug, erst noch in der Gestalt von Bienen. Ihr Ruf hätte hoffnungslos gelitten.

Der König war ausser sich vor Freude und Glück, dass ein entsetzliches Unglück so glimpflich abgelaufen war. Selbstredend wollte er besonders Zeus und Melissa danken, aber auch ganz handgreiflich wünschte er die Spender des so unschätzbaren nützlichen Geschenkes nochmals zu sehen. Er liess Minea und ihre Gefährten ausrufen und überall suchen im Fest-Trubel.

Minea und Adamas hatten sich bestens unterhalten und einiges gegessen und getrunken, Manis war mit Lelio ausgezogen. Sie hatten sich im Festgetümmel immer wieder verloren und wieder gefunden.

In einer etwas stilleren Ecke, dort, wo die Goldschmiede ihre Stände hatten und ihre Künste zeigten, trafen sie auf den alten Chrysotas. Sie waren hoch erfreut, dass auch er den Weg hierher gefunden hatte und staunten, dass er den strengen Aufstieg auf den Juchtas gemeistert hatte.

„Als ich so jung war wie ihr, habe ich einen solchen Berg noch vor dem Frühstück erklommen, aus purer Wanderlust. Überhaupt war man damals viel mehr zu Fuss unterwegs. Ich hätte ja heute einen Esel suchen können, aber das liess mein Stolz nicht zu. Auf den kleinen Juchtas komme ich noch allemal. Immerhin war ich einige Male auf dem Gipfel des Ida, und zwar auch bei schlechtestem Wetter, sogar im Schnee.“

Auch Pupio der Lehrbub, der den Goldschmied begleitet hatte, war rasch gefunden.

„Das war ein Aufstieg! Chrysotas wollte kein einziges Mal ruhen. Alles was er sagte war: Eine solche Strecke geht man in einem Zug!“ Pupio stöhnte. „Dabei bin ich doch gar nicht an die Berge gewöhnt, mein ganzes Leben habe ich in Knossos und am Meer verbracht.“

Ob Chrysotas auch von der wunderbaren Errettung durch den Schmuck gehört hatte? Allerdings, das hatte sich wie ein Lauffeuer überall herum verbreitet.

„Ich wusste es, es ist ein besonderes Stück. Wahrscheinlich hat das auch der letzte Besitzer gewusst und es daher nach Anemospili gebracht.“

Plötzlich horchten Adamas und Minea auf: Ihre Namen wurden überall laut ausgerufen.

Sie liessen sich nicht lange bitten und gingen rasch nochmals zum Altar. Auch den widerstrebenden Chrysotas zerrten sie mit sich. Dort standen schon Lelio und Manis.

Der König brachte sie etwas in Verlegenheit mit seinem Dankesgestammel. Es war ja nicht unbedingt ihr Verdienst, dass sie den nützlichen Schmuck gefunden hatten. So viel Lob war ihnen peinlich. Sie waren froh, dass sie für all die Komplimente und Dankesbezeugungen endlich den Goldschmied in den Vordergrund schieben konnten.

Der König unterhielt sich lange mit ihm über die Kunst der Gold-Bearbeitung. Schliesslich bat er ihn auch gleich, noch einen Aufhänger anzubringen, so dass seine Tochter das Schmuckstück täglich an einem soliden Kettchen um den Hals tragen könne. Er solle das Stück an den Palast bringen, sobald er fertig sei damit. Ein grosszügiger Lohn werde ihm sicher sein.

Chrysotas war glückselig. Er nahm das Etui mit der Schmuckdose wieder entgegen und versorgte den Schatz sorgfältig in seiner tiefsten Tasche. Er versprach, sich gleich am nächsten Tag an die Arbeit zu machen.

Niemand kümmerte sich mehr um den toten Bienenschwarm. Nur der grosse Schwarzlockige kniete am Boden und jammerte:

„Alle meine lieben Tierchen, meine besten Bienen tot!"

Dann erhob er sich zornig, ballte die Faust und murmelte:

„Was hat sich denn Melissa gedacht?"

Kopfschüttelnd torkelte er davon in seine Hütte.

„Das wird noch ein Nachspiel haben."

.

# 9

Am Haupteingang zum Museum hätte sie sich beinahe in die Schlange gestellt, um ihr Eintrittsbillet vorzuweisen, doch im letzten Moment erinnerte Vera sich, dass sie ja in einer Uniform steckte und somit zum Haus gehörte. dass sie also erhobenen Hauptes an allen Wartenden und Wächtern vorbeischreiten müsse. Raschen Schrittes durchquerte sie die Säle I - VI mit den älteren Funden und beantwortete mit einem Kopfnicken all die kurzen Grüsse der anderen Uniformen. Jetzt nur nicht in den Touristentrott fallen und überall wieder stillstehen und gucken.

Saal VII lag ganz hinten; vom Saal VI aus musste sie sich nach links wenden, um zu ihrem Arbeitsplatz zu gelangen.

Melina, die Wärterin aus VI, die Kalliopi abgelöst hatte, war schon daran ihre Siebensachen aus dem Schränkchen in der Ecke zu holen. Sie winkte Vera nur von weitem zu und verschwand erleichtert. Ihre Kinder spielten mit Murmeln am Eingang.

Jetzt war Vera allein zuständig für zwei Säle. Sie fühlte sich wie in einem Film, ausserhalb ihrer selbst. Wie von aussen betrachtete sie das Bild: Vera, die Primarlehrerin, nein, Kalliopi, die Wärterin, sass auf einem Stuhl zwischen zwei Sälen, spähte achtsam herum. Aufpassen, nur die Besucher beobachten, nicht die Ausstellungsstücke. Und einfach warten.

Es war überhaupt nicht schwierig, es ergab ich alles wie von selbst. Sie gefiel sich in ihrer Rolle. Wie wenn sie solches immer schon getan hätte.

Sie wagte jedoch nicht laut „No flash, please!" zu rufen. Ihrer Stimme wollte sie nicht trauen. Lieber ging sie auf einen Besucher zu, der eben geblitzt hatte, und wies ihn leise auf seinen Fehler hin.

Da erklang die Glocke, die den Besuchern signalisierte, dass das Museum geschlossen würde, dass die Zeit abgelaufen sei. War sie schon eine Stunde auf ihrem Posten oder waren es erst zehn Minuten?

Vera hatte keine Ahnung, was jetzt noch geschehen sollte. Kalliope hatte angedeutet, dass jeweils die eine von beiden noch etwa zehn oder fünfzehn Minuten bleiben müsse. Hatte sie etwas von Sicherheitskontrollen gesagt?

Die Besucher bewegten sich langsam den Ausgängen zu. Vera stand auf und schaute den letzten Touristen nach, die gemächlich nochmals durch die Vitrinen schlenderten und nur ungern die Säle verliessen. Vier Japaner eilten rasch rückwärts durch sämtliche Räume, um noch einen letzten Blick auf den Diskos, das Schachbrett, die Schilfvase, das Deckeldöschen mit dem Hund zu werfen. Noch schnell eine Aufnahme von der Schnabelkanne mit den Tintenfischen, noch rasch der Schlangengöttin zuwinken.

Endlich waren die Säle geleert, der letzte Besucher hatte sich verzogen.

Noch nie hatte Vera den Saal VII so gesehen, völlig entblösst, menschenleer. Die Vitrinen standen nun alle überschaubar vor ihr, sie konnte sogar von ihrem Stuhl aus die grossen Äxte an der hintern Wand bewundern, und auch die länglichen Metallbarren, die wohl als Gewichte dienten oder als Bargeld.

Wie in einem Rausch schaute Vera immer wieder um sich in den leeren Sälen, ihre Augen gingen von Kostbarkeit zu Kostbarkeit. Und immer wieder blieb ihr Blick auf den Bienen hängen – von all den Wunderdingen das allergrösste Wunder.

Sie hatte kein Gefühl dafür, wie lange sie schon so hier sass. Reglos. Sie spürte ihren Körper nicht. War das Vera auf dem Stuhl oder Kalliopi? War alles ein Traum, oder war sie wirklich hier im Saal VII des Museums in Iraklion?

Plötzlich wurde sie aufgeschreckt durch schwere Schritte und Gelächter und Geplauder von tiefen Stimmen. Sie blieb reglos sitzen und wartete. Da kamen zwei Männer aus dem Saal VI mit einem riesigen Schlüsselbund und diversen grösseren und kleineren Geräten. Ganz selbstverständlich hantierten sie an den Vitrinen und Kästen herum. Was genau sie eigentlich taten, war Vera nicht klar. Sie steckten Schlüssel in die Schlösser der Vitrinen und Kästen, öffneten einige und rückten Dinge im Innern zurecht, bei andern drehten sie nur die Schlüssel leicht im Schloss, und bei weiteren gingen sie achtlos vorbei. Vera konnte kein System in ihrem Tun erkennen, sie war erstaunt über die Unbekümmertheit, mit welcher die Männer ihre Arbeit angingen.

Jetzt waren sie bei den Goldbienen. Vera hielt den Atem an. Der eine öffnete die Vitrine und schaute hinein. Seine Finger stiessen die Bienen leicht an und rückten sie ein ganz klein wenig sanft zurecht. Er hatte tatsächlich die Bienen berührt, und das mit einer Selbstverständlichkeit, wie wenn er eine Gabel auf einem Tisch zurechtgerückt hätte.

In diesem Moment kam aus einer Ecke eine riesige ekelhafte Ratte gekrochen. Vera stiess einen Schrei aus und sprang auf den Stuhl. Sie gestikulierte wild und zeigte auf das grässliche Tier. Die Männer liessen sogleich ab von ihrer Arbeit und wandten sich der Ratte zu. Ohne viel Federlesens gingen sie auf sie los, und ein gezielter Schlag mit einem harten Instrument brachte die Ratte sogleich zur Strecke. Vera, immer noch auf dem Stuhl, schaute voll Schreck zu.

Die Männer zeigten überhaupt keine Erregung, ganz so als ob sich solches täglich ereignete und durchaus zu ihrem Pflichtenheft gehörte. Es war wirklich Zeit, dass das Museum gründlich saniert wurde.

Nachdem sie die Ratte getötet hatten, lachten die Männer Vera an und halfen ihr vom Stuhl herunter. Sie stammelte ein Danke. Schon packten die Männer ihre Werkzeuge, hoben die tote Ratte auf und zogen davon, indem sie die Trophäe triumphierend am Schwanz hin und her schwangen.

Vera lauschte noch den schweren Schritten und den Stimmen der Männer, die sich immer weiter entfernten. Dann war es ganz still.

Vermutlich war sie jetzt fertig und durfte das Museum verlassen. Es war wohl höchste Zeit; hoffentlich war Kalliopi noch nicht aufgewacht und in Panik geraten, da ihre Kleider fehlten. Hätte sie ihr doch einen Zettel hinterlassen! Doch alles war so rasch gegangen, so ganz ohne Gedanken.

Noch einen allerletzten Blick auf die Bienen werfen, ganz allein, und innig Abschied nehmen. Sie nochmals mit ihren Blicken streicheln und umkreisen, ohne von andern Besuchern gestört zu werden. Sie trat auf die Vitrine zu.

Sie war offen geblieben.

Veras Atem stockte. Sorgfältig hob sie den Deckel etwas höher.

Die Bienen berühren – mit den Fingerspitzen liebkosen.

Sie gar umdrehen? Sie in der Hand halten? Die Hinterseite betrachten?

Vera griff hinein. Mit dem Zeigefinger berührte sie die Bienen. Ein Schock wie von einem elektrischen Weidezaun durchzuckte sie. Schon umfassten Daumen und Zeigefinger den Schmuck. Sie vergass zu atmen. Und jetzt, jetzt hoben ihre Finger das Schmuckstück hoch. Es baumelte ganz leicht in der Luft, dass es in alle Richtungen blitzte und blinkte.

Nun lag es auf ihrer Handfläche. Wie sich das Gold anfühlte – zart, fremd, unwirklich. Ihre Hand wurde schwerer und schwerer, Vera schauderte.

Das letzte lange Läuten, welches das Schliessen des Museums ankündigte. Stimmen in den andern Sälen, eilige Schritte dem Ausgang zu.

Vera fuhr zusammen. Wo war sie? Wach auf! Es war höchste Zeit aufzubrechen, sonst würde sie die ganze Nacht eingeschlossen.

Sie wandte sich um. Da berührte ihr Ellbogen den Deckel der Vitrine. Er schnappte zu. Rasch wollte Vera ihn mit der linkten Hand öffnen, doch er war fest im Schloss und liess sich nicht mehr anheben.

Die Goldschmuck war noch immer in ihrer Hand.

Wie im Traum glitt er in ihre Tasche.

Ein ungeduldiger Türhüter wartete am Eingang auf die letzten Wärterinnen. Vera senkte den Kopf, murmelte ein unverständliches Kalispera, trat ins Freie und eilte durch den Vorhof auf die Strasse hinaus.

# 10

„Pupio, heute wollen wir die Bienen für die Königstochter beenden, damit wir sie morgen an den Palast bringen können. Ich habe noch etwas von dem Golddraht, von dem alten, den wir gebraucht haben vor fünfzig Jahren."

„Ist der denn so besonders?"

„Ja, Pupio, so dünnen Draht haben sie später nicht mehr hingekriegt. Von diesem dünnsten aller Drähte habe ich immer noch ein kleines Stückchen aufbewahrt, wofür, wusste ich nicht genau, für eine ganz besondere Arbeit; jetzt ist der Augenblick gekommen."

Mit grosser Sorgfalt zog er das Schächtelchen mit dem kostbaren Material aus der hintersten Ecke eines Schrankes hervor.

Pupio staunte.

„Soll ich die Bienen gleich holen?" fragte er.

„Nein, warte, ich will den Draht zuerst vorbereiten. Lass die Bienen nur im Ziegenstall, dort hinten im Garten sind sie in Sicherheit. Wir wollen sie ja nicht unnötig in der Bude herumliegen lassen."

Sorgfältig machte sich der Goldschmied an die Arbeit und rollte den kostbaren etwas steifen Draht auseinander. Pupio schaute ihm gespannt zu. Beide hielten den Atem an.

In diesem Moment stürmte ein riesiger Mann mit schwarzen krausen Locken in die Bude. Er hatte ein rotes aufgedunsenes Gesicht mit einem gemeinen Mund und herabhängenden Backen. Auf seinen riesigen Pranken traten die Adern kräftig hervor. Der Mann war hochgradig erzürnt. Er stak in schweren Schuhen mit dicken Ledersohlen, wie sie die Hirten auf den rauhen Bergen trugen.

Instinktiv duckte sich Chrysotas etwas hinter seine Werkbank, und Pupio drückte sich in die dunkelste Ecke.

Pupio schien es, er habe diesen Hünen schon einmal gesehen.

„Her mit den verfluchten Gold-Bienen!"

Jetzt erinnerte sich Pupio, er erkannte die Stimme. Das war der Imker, der oben auf dem Juchtas den Bienenschmuck verspottet hatte. Er hatte als einziger von allen den Schmuck verhöhnt und von Stümperei gesprochen.

„Die sind verhext. Die haben mir nichts als Unglück gebracht. Nicht nur meinen besten Schwarm haben sie getötet am Fest, nein, auch die andern beiden Schwärme, die gar nicht am Fest waren, sind elendiglich krepiert."

Er heulte die Worte los, seine Stimme überschlug sich. Er war sichtlich erschüttert von der Ungerechtigkeit des Himmels. Noch dicker wurde die Zornesader auf seiner Stirn, wie er sich das grässliche Ereignis wieder in Erinnerung rief.

„Keine einzige Biene ist mir geblieben, und das nur, weil eure idiotischen Krüppel aus Gold so von allen gerühmt und der Melissa geweiht wurden."

Chrysotas verstand überhaupt nichts. Was wollte der Riese in seinem Laden?

„Her mit den Bienen, die müssen verschwinden. Sie sind eine Beleidigung gegenüber Melissa, sie haben ihr den Kopf verdreht."

Er rang nach Atem und sprach noch lauter, seine Stimme krächzte und überschlug sich.

„Laut und deutlich habe ich gesagt, dass es ein lächerliches, ein stümperhaftes Werk sei. Und ich sage es immer noch. Doch Melissa, die es doch besser wissen müsste, hat mich vor allen Leuten für meine ehrliche Meinung bestrafen wollen. Nur weil sie kurz verblendet war vom Lobgehudel des Königs und aller andern. Melissa selber hat meine besten Bienen getötet, allesamt! Also her damit, damit ich sie aus der Welt schaffe und Melissa wieder zur Vernunft kommt."

Chrysotas hatte sich immer tiefer hinter seinen Werktisch geduckt. Pupio machte sich kleiner und kleiner. Beide zitterten und schlotterten am ganzen Leib. Was sollten sie tun?

Der Riese fuhr mit seiner fleischigen Hand über die Stirn, um den Schweiss abzuwischen. Da bemerkte Pupio, dass ihm das vorderste Glied des Mittelfingers der rechten Hand fehlte.

Pupio zog das Käppchen, das er immer trug, noch etwas tiefer über die Stirne, wie um Schutz zu suchen und sich unsichtbar zu machen. Unter dem Schirm schaute er um so schärfer hervor. Er musste auf der Hut sein.

„Die Bienen gehören ja gar nicht uns, sondern jetzt der Königstochter," stiess der Goldschmied heiser hervor.

„Ist mir alles egal, her damit!"

Mit diesen Worten hieb er mit seiner Pranke auf den Werktisch, so dass die Feilen und Zangen und Drahtstückchen davonflogen, und schon packte er den schwächlichen Goldschmied an der Gurgel. Er drückte kräftig zu.

„Wo sind sie? Hol sie! Her damit!"

Chrysotas stöhnte und winselte. Er rang nach Luft.

Pupio kam aus seiner Ecke und versuchte den Kerl am Ärmel wegzuziehen.

„Lass los! Du bringst ihn um!" Doch er richtete nicht das geringste aus. Er war machtlos gegen den Riesen.

„Hol sie, sag ich dir, her damit!"

„Lass ihn los, hör auf!" Pupio stiess mit seiner Schuhspitze gegen das Schienbein des Riesen, so kräftig er konnte, doch dieser rührte sich nicht, er schien aus Stein.

Nochmals zog Pupio ihn mit aller Kraft am Ärmel, aber es war völlig nutzlos. Der Grobian drückte und würgte immer fester, Chrysotas konnte sich kaum mehr rühren, er röchelte nur noch. Sein Gesicht lief blau an. Wieder und wieder versuchte Pupio, die groben Hände von der Gurgel des Goldschmieds wegzureissen, doch der Grosse stiess ihn mit einem Fusstritt so kräftig weg, dass er in eine Ecke flog.

„Mach endlich, gib den Schmuck her!"

Pupio war benommen, er konnte kaum mehr klar denken.

„Lass ihn los, lass ihn los, ich hole ihn ja!" rief er endlich und eilte aus der Bude. Er rannte nach hinten in den Garten, öffnete den Ziegenstall so schnell es seine zitternden Hände erlaubten. Schon hatte er das Schmuckstück in der Hand und eilte zurück in die Werkstatt.

Es war höchste Zeit. Oder war es schon zu spät? Chrysotas hing schlaff in den Pranken des Wüterichs und rührte sich nicht.

„Hier, nimm sie," schrie Pupio, „aber lass ihn los!"

Er schmiss dem Imker den Schmuck vor die Füsse. Der liess sogleich los, warf kaum einen Blick auf die Bienen am Boden, und schon stampfte er mit seinem schweren Schuh darauf und zertrat sie mit aller Kraft. Es knirschte unter seinen dicken Sohlen, wie er sich mit seinem ganzen Gewicht darauf warf. Er rieb hin und her, um alles zu zermalmen. Als er seinen Schuh endlich hob, blieb nur noch ein kaum erkennbares trauriges Häufchen von Goldteilen auf dem Boden. Mit seinem schweren Schuh stiess er die Trümmer auseinander und verstreute die feinen Drähte und Plättchen überall über den Boden.

„Da habt ihr eure Bienen, und das nächste Mal schaut ihr besser hin, bevor ihr einen Pfusch herstellt, der die Götter beleidigt. Oder besser ihr lasst die Finger ganz davon."

Und schon war er draussen.

# 11

Kalliopi schlief noch, als Vera zurückkam. Rasch zog sie die Uniform wieder aus und legte sie auf den Stuhl, so wie sie sie gefunden hatte.

Kaum hatte sie ihr Shirt über den Kopf gezogen, wachte Kalliopi auf.

Verwundert schüttelte sie sich und schaute auf die Uhr. Es war höchste Zeit für sie, nachhause zu gehen. Sie griff noch etwas benommen nach ihren Kleidern.

Vera zuckte zusammen. In der Uniformtasche waren die goldenen Bienen! Unbegreiflich, wie kopflos sie sich benommen hatte. Warum hatte sie nicht die Wärter zurückgerufen und die Vitrine wieder aufschliessen lassen?

Sollte sie die Bienen in der Tasche lassen und das ganze als ein Missgeschick vergessen? Nein, das durfte sie auf keinen Fall tun, das würde Kalliopi wohl in riesige Unannehmlichkeiten bringen, es würde sie zum allermindesten die Stelle kosten.

Im letzten Augenblick packte Vera die Uniformbluse. Sie musste rasch handeln. Da unten ganz deutlich in der Tasche ertastete sie die Bienen durch den dünnen Stoff hindurch.

„Ich schüttle dir rasch die Bluse aus auf dem Balkon, sie ist noch voller Staub," sagte Vera, und während Kalliopi ihren Gürtel suchte, transferierte Vera die Bienen unbemerkt in ihre eigene Hosentasche. Es schauderte sie, als sie das Gold berührte, doch sie riss sich zusammen. Das äusserst delikate Stück erwies sich zum Glück etwas solider beim Anpacken als es den Anschein hatte. Sie legte die Bluse auf den Stuhl zurück und machte sich am Kühlschrank zu schaffen.

Beim Bücken spürte sie den kleinen Schmuck auf ihrem Oberschenkel. Da war ihr wirklich etwas Seltsames passiert. Sie würde den Schmuck morgen in aller Frühe zurückbringen ins Museum, da käme kein Mensch zu Schaden.

Kalliopi zwängte sich in die Hosen.

„Langsam werden mir diese Hosen knapp. Ich muss mich wohl etwas mehr zusammennehmen mit dem Essen. Aber du weisst ja, wie das ist, man hat bei der Arbeit jeweils plötzlich

Hunger und keine Zeit, etwas Gesundes zu essen, so nimmt man das erste beste Schinken-Käse-Sandwich, und das ist meist reichlich fett."

Vera beschwichtigte sie.

„Schon so spät! Jetzt habe ich Melina im Stich gelassen. Hoffentlich konnte sie sich rechtzeitig frei machen können. Man hilft sich ja gerne aus."

Vera schwieg.

„Du bist bestimmt noch durstig. Möchtest du noch ein Wasser?"

„O ja gerne," erwiderte Kalliopi, "aber diesmal bitte ohne Ouzo. Wie gern ich ihn auch mag, aber ich darf nicht wieder einschlafen. Die Familie will noch ihr Nachtessen."

Kurz darauf verabschiedeten sich die neuen Freundinnen und versprachen, sich wieder zu sehen. Vera war ja häufig in Kreta, ihrem Lieblings-Ferienort, und jedesmal würde sie das Museum bestimmt als erstes und als letztes besuchen.

Jetzt war Vera allein. Allein mit dem Schmuck. Sie verdrängte die aufkeimenden Zweifel und bemühte sich, das ganze als heiteres Zwischenspiel zu betrachten. Ein unverhofftes Geschenk, ja, das war es, so wollte sie es anschauen. Etwas ganz Einmaliges, das nur ihr allein beschert war. Sie war ein echter Glückspilz. So ein unverschämtes Glück musste man auskosten. Sie hatte eine lange herrliche Nacht vor sich in Gesellschaft der wundervollen Bienen. Morgen müsste sie sie ja zurückbringen.

Nachdem sie sich vergewissert hatte, dass die Türe verschlossen war, nahm sie das Stück sachte aus der Tasche.

Sie legte es auf ein Taschentuch auf den Tisch und betrachtete es eingehend. Nun konnte sie es genies-sen, dieses feingliedrige delikate Kunstwerk, es richtig auskosten, voll und ganz für sich allein.

Sie drehte und wendete es, hielt es gegen das Licht, legte es auf eine dunkle Fläche, dann auf eine helle, bewegte ganz fein die beweglichen Teilchen, fuhr zart mit der Fingerspitze über die feinen Kügelchen. Die delikaten Granulate musste man genauer anschauen, dafür hatte sie ja stets eine Lupe in ihrem Koffer. So deutlich hatte sie noch nie gesehen, wie sorgfältig und regelmässig das Granulat aufgelegt war.

Dann die Hinterseite. Sie drehte es um, strich sachte über die Flügel, studierte genau, wie die Abdeckung an den Rändern befestigt war.

Und dieses zarteste aller Stücke hatte mehr als 3500 Jahre in der Erde gelegen. Unfassbar.

Nun würde sie auch gleich die ersten Ideen für ihre Arbeit formulieren. Sie holte aus ihrem Koffer das Heft hervor, das sie vorsorglich mitgenommen hatte. Es war noch blütenrein. Da war auch schon ein Kugelschreiber.

Sie schrieb den Titel: Die Bienen von Malia, und unterstrich ihn.

Zuerst zur Technik: Was waren schon wieder die fünf Künste der Goldschmiede? Granulation, Filigran, Treiben, Gravur, Niellieren. Das hatte sie bestens im Kopf behalten. Aber was war was?

Sie versuchte die einzelnen Künste an den Bienen zu erkennen. Granulation war einfach, die winzigen Kügelchen waren auf der Kugel besonders gekonnt angebracht. Gravur – auch das schien klar, die feinen eingeritzten Zeichnungen. Da musste wieder die Lupe helfen.

Doch wie war das mit den andern drei Künsten? Bedeutete Niellieren nicht, eine eingeritzte Zeichnung mit einem dunkleren Material nachziehen? Da kannte sie sich einfach zu wenig aus. Es war unmöglich, alles an dem feingliedrigen Bienenschmuck genau zu analysieren. Sie würde zuhause Herrn Weber fragen, der einen Goldschmiede-Laden führte in ihrer Nähe, er würde ihr bestimmt helfen.

Sie holte ihre neue Kamera hervor und legte den Schmuck auf ein schwarzes Shirt, dann auf ein gelbes. Mit und ohne Blitzlicht, etwas näher, etwas weiter, genau von oben, von der Seite, von vorne, von hinten – schliesslich hatte sie etwa dreissig Bilder aufgenommen, die sie jedoch erst zuhause genau anschauen konnte.

Man sollte natürlich genau wissen, wie das Stück vor 3500 Jahre ausgesehen hatte. Dass die drei Scheibchen, die unten baumelten, mit farbigen Steinen ausgefüllt waren, die die Mondphasen darstellten, hatte sie schon irgendwo gelesen. Wie konnte man das wohl wissen?

Sie legte die Bienen flach auf eine neue Seite in ihrem Heft, fand in der Tasche einen spitzen Bleistift und fuhr damit den Umrissen nach, so genau es sich bewerkstelligen liess. Darauf fertige sie noch eine Zeichnung der Schmucks von hinten an, darauf eine vergrösserte vereinfachte Skizze von den Flügeln.

Dann versuchte sie die Granulatkügelchen zu zählen. Oder war das sinnlos?

Langsam wurde es draussen dunkler, und mit dem Licht verebbte auch allmählich das Hochgefühl, das sie ergriffen hatte. Sie hatte das Stück nun wirklich nach allen Richtungen untersucht und gedreht und gewendet, hatte jede kleinste Einbuchtung und Ritze, jedes Kügelchen und jedes Drähtchen, jede Drehung und Biegung genauestens angeschaut und alles dokumentiert, aufgeschrieben, skizziert, fotografiert.

Weit hinten in ihrem Gewissen zogen Wolken auf.

War das recht, was sie getan hatte?

Vielleicht nicht juristisch recht, aber doch einmalig, unvergesslich für sie selber. Niemand würde ja zu Schaden kommen, am Morgen würde sie das Stück gleich bei der Öffnung des Museums zurückbringen – das hatte sie sich vorgenommen. Nie im Leben würde es ihr ja einfallen, das Schmuckstück zu behalten.

Doch immer wieder tauchten Fragen auf. Warum hatte sie so eigenmächtig gehandelt? Klar, sie wollte das Stück einmal in der Hand halten und umdrehen, um die Hinterseite zu sehen. Doch dafür hätte sie bestimmt die Erlaubnis bekommen, wenn sie sich an die offiziellen Autoritäten gewandt hätte. Ein Schreiben von ihrer Hochschule, mit Erwähnung einer wissenschaftlichen Arbeit, mit einigen Namen und Universitäts-Titeln und Graden, das beeindruckte immer und öffnete manche Türe.

Allmählich schmerzten ihre Augen vom genauen Hinsehen im schlechten Licht. Sie brauchte etwas frische Luft, wollte noch hinaus aus dem stickigen Zimmer.

Sie fühlte sich unfrei, bedrückt. Sie wurde das beklemmende Gefühl nicht los, das sie beschlichen hatte. Was sie getan hatte, war ihr mehr und mehr unerklärlich. Sie musste ihren Kopf noch etwas lüften und ihre Gedanken ordnen. Also los, ins Freie, um das Hirn noch mit etwas frischem Sauerstoff zu füllen.

Doch da lagen immer noch die Bienen auf dem Tisch. Die mussten geschützt werden, die brauchten einen hundertprozentig sicheren Ort über die Nacht. Wohin mit ihnen?

Unten in ihrer Pension hatte sie Schliessfächer gesehen, kleine Tresore, welche die Gäste gegen eine Gebühr benützen konnten. Sie fand ein leeres Fach, legte die Bienen hinein und begann die Anleitung zum Schliessen zu studieren. Es klang recht einfach – Münze einwerfen, vier Zahlen eingeben, zuschlagen. Schon war der Schmuck sicher versorgt.

Noch rasch zur Kontrolle wieder aufschliessen. Das war ganz einfach, Zahlen eingeben, Taste drücken, ziehen.

Doch die Türe ging nicht wieder auf, irgend etwas stimmte nicht.

Vera las die Anweisungen nochmals genau, jetzt auf englisch, denn die deutsche Anleitung war wohl nicht allzu fachgerecht übersetzt. Tippen – ziehen – drücken? Ziehen und tippen gleichzeitig? Erst Taste drücken, dann tippen?

Doch immer noch machte das Türchen keinen Wank. Was hatte sie falsch gemacht? Sie durfte nicht aufgeben. Zahlen eingeben, ziehen, drücken, oder erst ziehen, dann Zahlen, oder erst auf die Taste drücken, dann die vier Zahlen? Hatte sie die richtigen Zahlen eingegeben? Was immer sie versuchte, das Kästchen blieb verschlossen.

Der Besitzer half ihr schliesslich lachend. Sie sei nicht die erste, die da Probleme habe, doch sei bis jetzt noch kein Kästchen für immer verschlossen geblieben. Sie sagte ihm die vier Zahlen, das Türchen öffnete sich, und der Besitzer staunte etwas, als nur ein kleines Schmuckstück drin lag. Was die eitlen Touristinnen nicht alles für Tand kauften als Erinnerung!

Vera dankte höchst verlegen, nahm die Bienen heraus und verzichtete auf weitere Probeläufe mit dem Tresor.

Sie steckte den Schmuck in die Handtasche, möglichst gleichgültig, und nach einem kurzen Danke und Gutenacht ging sie nochmals hinauf ins Zimmer. Die Bienen brauchten eine anständige Hülle.

In der Handtasche fand sie das Blechdöschen, das sie immer mit sich trug. Dort hinein packte sie jeweils ihre Minimalapotheke, wie sie es nannte, einige Aspirins, Hustenbonbons, Magenpillen. Das Blechdöschen war eine liebe Erinnerung und hatte auf dem Deckel das Bild eines Hündchens. Sie schüttete die Pillen in ihr Waschzeug, und so hatte sie eine genau passende Schachtel für die Bienen. Weich auf einem Taschentuch gebettet lagen sie in dem Behältnis. Vera schloss es resolut zu, wickelte ein Gummibändchen darum und legte es zuunterst in ihre Handtasche. Es war am sichersten sie immer mitzutragen, denn die Zimmerschlüssel in einer Pension der billigeren Klasse waren ja wohl nicht Einzelstücke.

# 12

Drei Tage später hatten Manis, Minea und Adamas alle drei ein ungutes Gefühl, sie hatten schlecht geschlafen und unruhig geträumt. Ob der Goldschmied wohl gut nach Hause gekommen war im Dunkeln? Ob er schon an seiner Arbeit war und den gewünschten Aufhänger konstruierte?

Sie entschlossen sich, ihn in seiner Werkstatt aufzusuchen.

Die Türe war nur angelehnt, doch drang kein Laut heraus, kein Reden, kein Hämmern, kein Schleifen. Auf ihr Klopfen hin reagierte niemand. Sie stiessen die Türe auf und schauten hinein.

Die Werktische waren verschoben worden, die Hocker umgeworfen, die Werkzeuge durcheinander, der Boden war schmutzig, überall lagen Metallteile herum.

Und mitten im Chaos lag der Goldschmied.

Minea schrie auf, stürzte sich auf ihn, hob seine Hand hoch, fühlte seinen Puls und hielt ihr Ohr an seinen Mund.

„Er ist tot." Dann sah sie die Druckstellen an seinem Hals. „Er ist erwürgt worden. Jemand hat ihn ermordet!"

Auch sahen sie kleine zertretene Goldteile überall über dem Boden verstreut liegen. Keiner wagte es auszusprechen, doch alle drei sahen es sogleich: Das waren die Überreste ihrer Bienen.

Sie riefen nach Pupio, suchten ihn überall im Garten, in den Gassen, doch er war vom Erdboden verschluckt, keine Spur von ihm. Dann suchten sie die Werkstatt ab nach etwas Verdächtigem, doch nichts war zu finden.

Entmutigt und geknickt lasen sie die zertretenen Goldteilchen vom Boden auf und legten sie auf die Werkbank. Eine sinnlose Arbeit.

Bevor sie weggingen um den Mord zu melden, stellte sich Minea nochmals in die Türe. Sie wollte sich das Bild genau einprägen.

Da lag der Tote, da war die Türe offen gegen den Garten, da war der Werktisch mit seinen Geräten und Drähten, die durcheinander geraten waren.

Es fiel ihr auf, dass neben den kleineren Sohlenabdrücken im Staub auch riesige waren. Als sie genauer hinschaute, sah sie, dass die Abdrücke seltsamerweise alle ein recht deutliches Kreuz auf dem Absatz zeigten. Da hatte jemand zur Verstärkung Drähte in die Sohle eingezogen – ein weises Vorgehen, wenn jemand viel herumgehen musste und seine Schuhe schonen wollte. Das waren eindeutig die Abdrücke der Schuhe des Eindringlings.

Traurig begaben sie sich zum Palast. Dort wurden die drei sogleich vor einen hohen Priester geführt, der die Palastgeschäfte leitete, während der König auf Reisen war.

Er empfing die Nachrichten mit grosser Bestürzung. Der Verlust der Bienen, die der Prinzessin das Leben gerettet hatten, würde den König sehr betrüben, viel mehr aber noch der Tod des einmaligen Goldschmieds. Er hatte in den höchsten Tönen von dessen Kunst gesprochen und schon geplant, ihm weitere Aufträge zu erteilen. Vor allem aber empörte es ihn, dass eine solch gemeine Tat im friedlichen Knossos geschehen konnte.

„Hat man eine Vorstellung, wer der Mörder sein könnte?"

„Nur der Gehilfe hat ihn wahrscheinlich gesehen. Der ist aber verschwunden."

„Könnte er der Mörder sein?"

„Wo denken Sie hin, unmöglich, er liebte und verehrte seinen Meister mehr als seinen Vater. Zudem ist er klein und schwächlich."

„Wir müssen alles daran setzen, den Mörder zu greifen. Wer ihn findet, wird vom König reich belohnt werden."

Die drei schwiegen, doch sie wussten genau, dass der ängstliche Pupio es nie und nimmer wagen würde, etwas Handfestes zu unternehmen, um den Bösewicht zu stellen. Träfe er irgendwo auf ihn, würde er so rasch ihn seine Füsse trugen in die andere Richtung weglaufen. Da nützte die grösste Belohnung nichts.

Der Priester befahl den Dreien nochmals, alles zu versuchen, um den Mörder zu finden, damit er gebührend bestraft werde. Ein Mord in Kreta – ein unerhörtes Verbrechen, das man auf keinen Fall ungesühnt lassen konnte.

Wortlos stiegen sie zurück in ihr Heim, doch jeder der drei war in Gedanken in der Werkstatt, und jeder malte sich die Geschichte etwas anders aus. Keines der drei Szenarien entsprach wohl dem, was sich wirklich ereignet hatte.

Etwas Besonderes, etwas Grosses in ihrem gemeinsamen Leben war zu Ende gegangen, mutwillig zerstört. War das das Ende einer wundersamen Geschichte von Weihe und Errettung? Eine Leere war um sie, die sich nicht in Worte fassen liess. Es lag eine dunkle Wolke über Anemospili, die Heiterkeit, das Singen und Lachen waren verschwunden, die Stimmen gedämpft.

Adamas raffte sich als erster auf. Es war wohl Zeit, dass sie wieder ein normales Leben aufnahmen. Immerhin hatte er schon einen Auftrag von einem Hausbesitzer gefunden, und auch ein Haus unten am Meer war ihnen gewiss.

Manis freute sich, gleich mit der Schreibschule zu beginnen.

Doch Minea fühlte eine grosse Leere. Der Goldschmied tot, die Bienen zerstört. Was würde noch alles geschehen? Ihr Bild vom glücklichen Kreta hatte einen Riss bekommen.

Am nächsten Morgen war sie aufrichtig dankbar, dass Adamas für einmal die Initiative ergriff.

„Minea, wollen wir die Bienen nicht einfach vergessen, anstatt uns sinnlos zu quälen? Wie wär's, wenn wir noch etwas weiter Kreta erkunden würden? Mein neuer Meister will mich erst in einigen Tagen sehen, vorher ist sein Haus noch nicht bereit, auch das unsere noch nicht."

Minea atmete auf.

„Adamas, du bist unbezahlbar. Also nutzen wir die Zeit und schauen uns ein weiteres Stück Kreta an."

„Wie wär's mit Phaistos?" schlug Manis vor. Diese Idee spukte schon eine geraume Zeit in den Köpfen der drei.

„Das ist schon lange mein Traum. Phaistos habe ich noch nie gesehen, und unser Diskos ist doch dort gelandet."

„Hat wohl jemand den Diskos entziffert? Bestimmt haben die Priester alles unternommen, nur um ihr Gesicht zu wahren."

„Vielleicht hat sich einer der superweisen Schreiber eine goldene Belohnung verdient, indem er daraus irgend eine Geschichte zum Wohl der Insel herausgetüftelt hat?"

„Wir müssen unbedingt nachsehen und fragen, wie das abgelaufen ist. Eins ist sicher – der Diskos hat dort bestimmt einen freudigen Empfang erlebt, auch wenn er von niemandem verstanden wurde ausser von dir, Manis."

Manis, der sein Kreta recht gut kannte, wollte zuerst nicht mitreisen. Er war begierig darauf, mit dem Unterricht an der Palastschule zu beginnen.

„Schon gut," meinte Adamas, „aber es ist noch früh genug wieder zur Schule zu gehen, wenn wir diese Reise nach Phaistos vorbei ist. Du kommst mit. Nicht zuletzt, weil dort eine ganz besonders berühmte Schreibschule zu besichtigen ist. Das wird dich bestimmt interessieren."

Schon die Wanderung über die Hügel zwischen dem Ida und dem Lassithi-Gebirge war für Minea ein Ereignis. Noch nie war sie in einem Land gewesen, wo es Orte gab, von denen aus man das Meer überhaupt nicht mehr sah. So grün, so reich an Bäumen und Blumen und Feldern! Jetzt sah sie eindrücklich, woher all die Kostbarkeiten kamen, die sie täglich am Markt in Knossos bewunderte. Und besonders beglückend für sie war es, dass sie so nahe bei den Bauern und Feldarbeitern war, welche die Ernte einbrachten. Mit denen konnte man uferlos plaudern über die verschiedenen Pflanzen und Tiere. Immer wieder stand Minea still, um sich mit jemandem zu unterhalten. Gerne unterbrachen sie die Arbeit in der Hitze und erklärten der wissbegierigen Frau aus dem fernen Kalliste, was sie gesät hatten und was sie da ernteten und wie alles dann weiter verarbeitet wurde. Sie kostete die verschiedensten Arten von Früchten und Körnern, ass ihr unbekannte grüne Blätter und Stengel, die ihr die Feldarbeiter anboten, und staunte über die Vielfalt der Trauben, Feigen und Oliven.

Beim Höhersteigen wurden die Wälder dichter, es war ihnen angenehm, im Schatten wandern zu können.

Der Marsch am Südfusse des Ida entlang war wieder ein neuartiges Erlebnis. Vom Ida herunter sprudelten Bäche mit schäumend frischem Wasser. Es war nicht schwierig, unterwegs den Durst immer wieder aus Quellen zu löschen. Sie trafen sogar auf einen See, in welchem sie sich genüsslich abkühlten. Als dann Manis noch eine Forelle fing, die sie am Feuer brieten, war das Glück vollkommen.

Dann traten sie aus dem Bergtal heraus und hatten auf einmal die weite gleissende Ebene der Messara vor sich. Ein grüner Boden voller Felder und Dörfer und Wiesen und Leute, womöglich noch grüner, noch fruchtbarer, noch reicher als im Norden. wo doch auch üppig angebaut wurde. Hier war wahrhaftig die Göttin der Fruchtbarkeit zuhause.

Lange schauten sie über die Ebene hinweg, wanderten noch etwas in der Höhe und sahen schliesslich bis aufs Meer hinaus. Das glänzende weisse Libysche Meer – wie anders sah es doch aus als das blaue Ägäische im Norden!

Plötzlich blieb Minea stehen:

"Seht ihr dort oben auf dem Hügel die schneeweisse Stadt?"

„Das ist Phaistos, der weisse Palast."

# 13

Sie stand draussen auf dem Gehsteig und atmete tief ein. Und jetzt, was sollte sie unternehmen?

Es war eigentlich egal, wohin sie ging. Immer vorwärts, sich bewegen, den Kopf auslüften, die Handtasche fest an sich drücken – das war alles, was sie jetzt brauchte.

Sie hoffte, durch einen raschen anstrengenden Marsch die sich immer stärker meldenden nagenden Gedanken zu beruhigen. Aber so einfach war das nicht.

Sie eilte planlos nach rechts, dann wandte sie sich in eine breitere Strasse nach links.

Warum hatte sie es getan?

Sie konnte sich lange einreden, sie habe die Bienen von unten sehen wollen. Warum hatte sie dazu nicht den einzig möglichen Weg des offiziellen Gesuchs genommen? Warum hatte sie einfach zugeschlagen, die Gunst der Stunde missbraucht?

Das Warum fand keine befriedigende Antwort. Sie hatte es einfach getan, Punkt!

Das war unverzeihlich. Es gab nichts anderes, als den Schaden möglichst umgehend wieder gut zu machen.

Also wie gesagt – sie würde gleich am Morgen ins Museum gehen und das Stück an der Kasse zurückgeben.

Doch war das wirklich so einfach? Wie sollte sie erklären, wie die Bienen in ihren Besitz gekommen waren? „Aus Versehen?"

Doch lieber den Schmuck in einen Briefumschlag stecken und an das Museum adressieren? Nein, das war viel zu unsicher, der Post in Griechenland und besonders in Iraklion war nicht unbedingt zu trauen, da hätte sie einige Geschichten erzählen können von nicht angekommenen Postkarten oder Päckchen.

Am nächsten Morgen ins Museum gehen und die Bienen unbemerkt aussen auf die Vitrine legen? Da wären sie echt gefährdet, jeder Besucher könnte sie packen und dann unwiederbringlich ausser Land nehmen.

Alles Kalliopi anvertrauen und sie die Sache wieder einfädeln lassen? Das war zu gefährlich für Kalliopi, sie riskierte ihre solide Stellung, auf die sie dringend angewiesen war, zu verlieren. Da kannten die Behörden kein Pardon, wenn sich Unregelmässigkeiten im Dienst ergaben. Und eine solche Stelle fand sich nicht so leicht wieder.

Je mehr Vera nachdachte, desto verwirrter wurde sie, desto weniger kam ihr eine brauchbare Idee.

Und wieder änderte sie die Richtung und gelangte in eine schmalere Strasse.

Was für ein Idiot sie doch gewesen war, die Bienen zu klauen. Das war der einzige klare Gedanke, dessen sie fähig war. Aber es half wenig.

Ein Idiot! Ein Idiot!! Ein Idiot!!!

Es war schon spät, es war schon nach Mitternacht, und immer noch irrte Vera durch die schmalen Strassen von Iraklion. Schon wieder eine Kurve, schon wieder eine Ecke, ein kleiner Platz, eine breitere Strasse – wo war sie eigentlich? Da war sie nun wieder in eine recht dunkle Gasse geraten. Und wieder ging es abwärts. War sie wohl nahe beim Hafen unten? Hafen? Das waren gefährliche Gebiete, hatte sie gelernt. Also rasch zurück, ohne sich umzuschauen, die Tasche fest an sich drücken.

Sie hielt nicht mehr an, bis sie auf dem grossen Platz Elefterias war, wo die Strassenlaternen leuchteten und wo sich noch einiges Volk tummelte.

Sie liess sich auf eine Bank fallen, atemlos, und sass eine ganze Weile da mit geschlossenen Augen. Sie hörte es irgendwo zwei Uhr schlagen.

Sie schlief ein.

Als sie wieder aufwachte, merkte sie, dass sie genau gegenüber dem Museum sass. Tat sich dort schon etwas? Nein, es machte nicht den Anschein. Nichts deutete darauf hin, dass eines der wichtigsten Stücke fehlte. Alles war dunkel und ruhig. Oder vielleicht – noch ruhig.

Wie, wenn jemand ihre Tasche geöffnet hatte, während sie schlief? Sie hatte nicht den Mut, nachzuschauen, ob die Bienen immer noch sicher drin lagen. Fest drückte sie sie an ihren Körper.

Die Handtasche auf ihrem Schoss wurde immer schwerer. Waren die Bienen noch drin? Sie fühlte sich beobachtet, jeder der späten nächtlichen Passanten schien sie vorwurfsvoll anzublicken. Unmöglich, jetzt nachzuschauen. Sie fühlte sich verfolgt, gejagt. Sie sah sich schon in Handfesseln abgeführt, ihr Bild in der Zeitung, am Fernsehen, in grossen Lettern in der Schweizer Presse – verdammt, verachtet und beschimpft.

War sie schon wieder eingeschlafen? Sie torkelte zurück in ihre Pension, riss die Türe ihres Zimmers auf und schloss sie gleich wieder fest zu hinter sich, indem sie den Schlüssel zweimal drehte.

Atemlos schüttete sie den Inhalt ihrer Tasche auf ihr Bett und wühlte darin. Der Geldbeutel war da, und die Identitätskarte auch. Da war noch ihr kleines Nähzeug, der Stadtplan von Iraklion, das rote Kopftuch – und da war auch das Döschen.

Ganz langsam öffnete sie es. Die Bienen lagen drin, unversehrt.

Sie war nicht einmal sicher, ob sie froh war, dass sie sie noch besass, oder ob es eine Erleichterung gewesen wäre, wenn Diebe sie genommen hätten.

Oder wenn alles nur ein Traum gewesen wäre. Erschöpft liess sie sich in ihren Kleidern aufs Bett fallen. Gleich umfingen sie Traumbilder.

Sie sah sich im Museum mit all den Schätzen, und sämtliche Kästen und Vitrinen waren offen. Sie reckte sich nach einem bemalten Topf auf der obersten Etage, dabei streifte sie mit ihrem Knie einige der Gefässe weiter unten, die krachten auf den Boden und barsten in tausend Stücke. Sie hielt sich an einem Schrank fest, auch da fielen Vasen herunter, bemalte Schlüsseln und Tassen und zerbrachen geräuschvoll am Boden. Da kamen aus den Ecken Ratten hervor, grauenhaft abscheuliche Tiere, die sich auf sie stürzten. Als Vera davonlaufen wollte, waren ihre Beine bleischwer, sie konnte nur wie durch Honig waten. Die Glocken schrillten, das Museum wurde geschlossen. Kam sie rechtzeitig bis zur Türe?

Noch schrillere Töne drangen in ihren Schlaf.

Vera erwachte in Schweiss gebadet. Was für grässliche Träume! Dazu kreischten Sirenen draussen, kamen durch das Fenster und rasten durch ihr Zimmer.

War das immer noch ein Traum, oder waren das nicht echte Polizei-Sirenen in den Gassen?

# 14

„Gepriesenes Phaistos – endlich sehe ich dich!" rief Minea theatralisch aus und breitete die Arme aus.

Nun gab es kein Halten mehr, sie stiegen rasch hinunter in die Messara-Ebene. Olivenbäume mit altverwachsenen knorrigen Stämmen hatten ihre Wurzelfüsse tief im gelb-trockenen Boden verankert, dazwischen rankten sich Reben in ungeordnetem Gewucher über den Boden und wurden niedergehalten von der Last der überreifen Trauben.

Minea fiel von einer Verzückung in die nächste. So viel Grün auf einmal, so dunkelgrün wie das Meerwasser tief unten, wenn man besonders viel Atem geschöpft hatte und einen Tauchrekord versuchte.

Phaistos - so überwältigend hatte sich nicht einmal Minea in ihrer blühenden Phantasie den Palast vorgestellt. Sie kannte ja bloss Knossos, das etwas versteckt mit seiner Krötenform in einem Tal lag und sich plump in alle Richtungen ausdehnte. Auch Malia, den kleineren anmutigen Palast ganz am Meer vorne hatte sie schon kennengelernt. Jedesmal war sie entzückt gewesen.

Was sie in Phaistos sah, übertraf die kühnsten Schilderungen, die sie bis anhin aus Adamas hatte herauspressen können. In seiner bedächtigen Art hatte er immer wieder erzählt, dass Phaistos wohl das beste sei, was die Kreter je gebaut hatten. Und dass seine Besonderheit daher rühre, dass es hoch auf einem Hügel lag.

„Jetzt verstehe ich, warum der König so selten in Knossos residiert und sich viel lieber in Phaistos aufhält. Was für ein Traum, hier zu wohnen!"

Oben auf fast senkrecht aufsteigendem Hügel glänzte das weisse Wunder in der Sommersonne.

Allzu leicht wurde ihnen der Zugang jedoch nicht gemacht. Der Aufstieg war heiss und steil, sie mussten sich einige Male setzen, um wieder zu Atem zu kommen. Neidisch schauten sie den Maultieren nach. Obschon die mit Körben und Säcken beladen waren, überholten sie die Wanderer leichtfüssig. Doch endlich, gegen Mittag, als die Sonne hoch über ihren Köpfen auf sie herunterbrannte, erreichten sie die Höhe. Sie wurden von einem umwerfenden Blick in alle Richtungen belohnt.

Der Palast erstreckte sich über einen grossen Teil des Hügels und senkte sich an den Abhängen gegen Süden auf verschiedene Terrassen. Wo immer sie hinblickten, war das grelle blendende Weiss des schneeweissen Marmors oder das gelbliche des Alabasters, doch das Gleissen wurde immer wieder gemildert durch Blumen in leuchtenden Farben und dunkelgrüne Bäume und Büsche, die schwarze Schatten auf das Weiss warfen. Besonders königlich erschien ihnen eine breite Treppe, ebenfalls leuchtend weiss, mit bequemen sehr flachen Stufen. Sie führte in die tiefer gelegenen Teile des Palastes, die vom oberen Eingang her nicht eingesehen werden konnten. Würde es ihnen gestattet sein, diese einmalige Treppe hinunterzusteigen? Oder waren dort etwas tiefer unten wohl die privaten Gemächer der oberen Priester oder gar des Königs?

Sie meldeten sich zuerst im Pförtnerhaus.

Dort sass in einem kleinen kühlen Raum ein älterer Mann und starrte in die Hitze hinaus. Dankbar über die Ablenkung hiess er die drei Fremden freundlich willkommen. Er erkundigte sich interessiert, woher sie denn kämen. Als Minea ahnungslos erzählte, dass sie von Knossos kämen, wurde das Gesicht des Pförtners sogleich merklich starrer, seine Stimme härter. Er liess seine Augen misstrauisch von einem zum andern wandern.

Phaistos war zwar abhängig von Knossos, dem grösseren Bruder, gab sich aber alle Mühe, möglichst selbständig und unbehelligt zu bleiben: Das war gar nicht so schwer, lagen doch zwischen den zwei Palästen mehrere Hügelketten, die etwas mühsam zu überqueren waren.

Diese drei betont munteren Besucher – waren es vielleicht geheime Boten aus Knossos, möglichst unauffällig getarnt, die sich über die Verhältnisse in Phaistos ein Bild machen sollten? Waren das Spione? Es war doch ein bisschen verdächtig, dass die junge hübsche Frau das Gespräch führte, während sich die beiden grossen Herren im Hintergrund hielten.

Doch die Fragen, die Minea stellte, waren so naiv und harmlos, dass der Pförtner bald von ihrer Ehrlichkeit überzeugt war. So sahen Spione nicht aus, und so redeten sie nicht. Sie schien so voller Eifer, all ihre ungewohnten Fragen genau beantwortet zu bekommen. Das war Wissbegier, nicht Hinterlist oder Spioniererei. Das war grundehrliches Interesse. Die junge Frau erzählte bald, dass sie aus Kalliste kam, und der Pförtner schalt sich, dass er so misstrauisch gewesen war.

„Habt ihr hier auch Stiere? Gibt es auch Stierspringer? Welches ist bei euch der oberste Gott? Ist es wie in Knossos der Zeus? Schaut ihr hier Wolkenformen an, wenn ihr etwas wissen wollt? Füttert ihr hier ebenfalls Schlangen? Wo wohnt der König, wenn er sich hier aufhält? Gibt es eine Schule? Und hat sie verschiedene Abteilungen für Malerei, Schreiben, Goldschmiedearbeit, Stempel?"

Alles wollte sie wissen, und lächelnd gab ihr der versöhnte Pförtner Auskunft. Es gesellten sich einige andere Palastbewohner zu der Gruppe. Als Minea sich auch ihnen als Ausländerin, als Flüchtling aus Kalliste, zu erkennen gegeben hatte, wurde sie von mehreren Priestern, Lehrern und Jungen umringt, neugierig bewundert und ausgefragt.

Adamas und Manis hielten sich durch die ganze Begrüssungsszene im Hintergrund: Da Minea ihre Rolle so vorzüglich und echt spielte, war es wirklich nicht nötig, allen unter die Nase zu reiben, dass sie die Söhne des Oberpriesters von Anemospili waren. Das ganze Land wusste, dass Anemospili von den Göttern bestraft worden war, wenn auch niemand den Grund kannte, warum und wofür. Dass Anemospili bis auf die Grundmauern zerstört worden war, war ja wohl so oder so suspekt. Die Götter hatten jedenfalls tatenlos zugeschaut und es geschehen lassen.

Von dort zu stammen war keine besonders gute Empfehlung. Das verheimlichte man besser in Phaistos.

Bald hatten sie eine hübsche Unterkunft zugewiesen erhalten, und sie waren freundlich eingeladen, den Palast zu besichtigen und es sich bequem zu machen, so lange es ihnen beliebte.

Während Manis und Adamas sich auf ihren Pritschen erholten, drehte Minea ihre erste Runde im Palast und fand jede Menge interessanter Gesprächspartner,

Die Gärtner zeigten ihr die verschiedenen Heilpflanzen, Bäume und Blumen, und die Tierwärter waren stolz, ihre Bienenzucht zu präsentieren und ihr vom exquisiten Honig und gar vom Met zu kosten zu geben.

Alles war kleiner und gediegener als in Knossos, fand sie. Ein traumhafter Palast, hoch auf dem Hügel, ständig von einem erfrischenden Lüftchen durchweht.

Die drei interessierten sich darauf besonders für die Schule.

Die Malschule schien Adamas eher klein, sie bot viel weniger Originelles, was das Material betraf. Die Wandmalerei war ein kleines Nebengebiet, bemalt wurden vor allem Tonwaren und Textilien. Die andern Sparten, besonders die Siegelschneiderei, fand er jedoch fortschrittlich und ansprechend.

Manis war begeistert von der Schreibschule. Wie in Knossos fanden sich da Spezialisten, die Geschriebenes aus aller Herren Länder entziffern konnten. Auch hier ging es nicht nur ums Lesen und Schreiben, sondern die entsprechenden Sprachen wurden auch unterrichtet, sofern ein Schüler das wünschte und das Talent dazu mitbrachte.

So sah er einen älteren Schreiber, der mit einem jungen aufgeweckten Knirps ernsthaft altsumerische Tafeln entzifferte. Je nach Wunsch und Bedürfnis wurden Keilschriften der verschiedensten Völker studiert und gelesen, etwa Assyrisch und Akkadisch, und sogar Hethitisch. Das moderne erst seit kurzem sich im Handel breitmachende Volk der Hethiter war schlau genug gewesen, die Keilschrift an seine seltsame Sprache anzupassen.

Damit war ihm möglich geworden, sich an den Welthandel anzuschliessen.

Manis verstand bald, warum Fremdsprachen und deren Schriften ein Zweig an der Schule war, der hier besonders sorgfältig gepflegt wurde. Der Hafen von Kommos, der unweit von Phaistos in einer Bucht vorzüglich und sehr modern ausgebaut wurde, erfreute sich nämlich bei fremden Schiffen immer grösserer Beliebtheit. Immer mehr Länder zogen es vor, die südliche Route zu wählen und ihre Handelsware für Kreta im bequemen Kommos auszuladen, um sich den mühsamen Landevorgang auf dem Sandstrand von Amnissos zu ersparen.

Wenn Manis sich nicht besonders darauf gefreut hätte, zusammen mit Minea und Adamas in einem Haus am Strand in Amnissos zu wohnen, wäre er wohl versucht gewesen, an diese Schule zu wechseln.

Minea versuchte, erst mit versteckten, dann mit immer offeneren Anspielungen auf den Diskos und sein Schicksal zu sprechen zu kommen. Auf verschiedenen Umwegen kam in kleinen Häppchen heraus, dass ein Priester aus Knossos einen etwas rätselhaften Gegenstand hergebracht hatte, der aber zur Schande und zum grossen Bedauern des Palastes gestohlen worden war. Trotz der allerstriktesten Sicherheitsvorkehrungen war es einem dreisten Dieb gelungen, den kostbaren Schatz aus dem Palast zu entfernen und sich damit davonzumachen, wahrscheinlich auf einem Schiff von Kommos aus. Ein höchst ärgerliches Erlebnis, denn einer der Schriftlehrer hatten schon mit grossem Eifer das Lesen der Scheibe an die Hand genommen, und ausgerechnet, man stelle sich vor, ausgerechnet der einzige, der die Scheibe schon gelesen hatte und vorhatte, dem Palast am nächsten Morgen den Inhalt zu präsentieren, sei in der Nacht des Diebstahls gestorben! Man habe schon gemunkelt, es könnte möglicherweise ein düsterer Zusammenhang bestehen zwischen dem Diebstahl und seinem Tod, denn so sei ja der letzte Zeuge der Scheibe zusammen mit der Scheibe selber der Welt enthoben worden.

Minea stellte sich wieder einmal naiv und fragte: „Ja, wie gross war denn die besagte Scheibe und wie lang war wohl der Text?"

„Tja, das war ein schwerer Brocken. Die Scheibe war vier- oder fünfmal so breit und so hoch wie ein menschliches Gesicht, und sehr sehr dick, daher brauchte es zwei starke Leute, sie zu tragen. Es wäre unmöglich gewesen für einen einzigen, das Stück ohne jeden Lärm zu entwenden und ans Meer zu schleppen."

Minea, welche die handgrosse Scheibe bestens kannte und selber anstandslos in der Tasche ihres Kleides verborgen hatte, konnte sich kaum zurückhalten zu lachen.

„Hat denn niemand etwas gehört von den Dieben in der Nacht?"

„Das ist eben auch noch ungeklärt. Ein Küchenbursche hat sich dann erinnert, dass die Diebe sich vorerst in der Küche zu schaffen machten. Als harmlose Besucher hatten sie um einen Trunk gebeten, und das hatte sich in die Länge gezogen. Wahrscheinlich haben sie dem Wein für das Abendessen etwas beigemischt, das sämtliche Palastbewohner in tiefen Schlaf senkte. Es wäre ja sonst unmöglich, dass kein einziger der Bewohner etwas hörte."

„Hast du die Botschaft auf der Scheibe auch gesehen?"

„Aber selbstverständlich. Als zweiter Oberschreiber hatte ich das Privileg, sie zu sehen und auch gleich noch die ersten Zeilen zu lesen. Aber das Schicksal wollte es, dass ich in jener Nacht von einem schweren Fieber gepackt wurde, welches die Erinnerung an die kurz vorangegangenen Erlebnisse direkt traf und sie löschte. So konnte ich mich überhaupt nicht mehr erinnern, was ich schon darauf gelesen hatte. So ärgerlich! Es hätte bestimmt enorm geholfen, wenigstens den Anfang zu kennen." Er setzte eine enttäuschte Miene auf und schwieg, geschlagen vom Unglück, das ihn getroffen hatte.

„Unterdessen sind allerdings die Orakelpriester zum Schluss gekommen, dass die Scheibe wohl Unheil gebracht hätte. Ein Schlangenorakel hat da geholfen, denn die Schrift auf der Scheibe war ja auch in Schlangenform angelegt. Ein uns besonders wohlwollender Gott hat das Schlimmste verhindert und den Dieben nachgeholfen, die schwere Unglücksscheibe zu entsorgen."

Nur mit viel Lachen und Prusten konnte Minea ihren beiden Weggenossen diese Geschichte weitergeben.

Manis war froh, doch in Knossos zur Schule gehen zu dürfen.

Besonders interessiert waren sie an der Goldschmiede-Abteilung. Immerhin kannten sie sich jetzt ein wenig aus, was ein besonders exquisit gearbeitetes Stück ausmachte.

Die Abteilung war recht gross, war sie doch ein Prestige-Teil des Palastes, der sich einiges darauf einbildete, besondere Kunstwerke herzustellen und darin Knossos zu übertreffen.

An kleinen niedrigen Tischen sassen da die Schüler, jeder mit Werkzeug, das aufs zierlichste gestaltet war, und versuchten sich an verschiedenen Blechen aus Kupfer, Bronze, Silber, Gold.

Es war verständlich, dass die Schüler, sobald Besucher da waren, verlegen wurden und sich nicht gern so genau auf die Finger schauen liessen. Sie hielten lieber inne in ihrer Arbeit und plauderten über die Kunst, als unter fremden Augen weiter zu arbeiten.

Die drei gingen von Tisch zu Tisch und schauten genau auf die Stücke im Entstehen und auf die fertigen Stücke, doch kein einziges war auch nur annähernd so vollkommen wie ihre verlorenen Bienen.

Minea war schon etwas weiter, da hörten die beiden Brüder sie ausrufen:

„Pupio! Da bist du gelandet!"

Pupio sass an einem der hinteren Tische und war mit einer eher einfachen Arbeit beschäftigt: ein Blütenblatt aus dünnem Goldblech zu treiben. Als er Minea seinen Namen ausrufen hörte, erschrak er, und sogleich legte er seinen Finger auf seine Lippen und bedeutete ihr aufgeregt, ja nichts auszuplaudern. Ich erzähle dir alles nachher, zeigte er ihr in stummen Zeichen und Gesten an.

Minea verstand und beugte sich über die beinahe fertige Arbeit. Pupio flüsterte ihr ins Ohr:

„Wir sehen uns in der Pause hinter der Schule unter dem grossen Feigenbaum. Es ist bald so weit."

Und tatsächlich ging es nicht lang, zwei Metallstäbe wurden aneinangergeschlagen und erzeugten einen glo-ckenartigen Ton, der sogleich alle aufschauen liess. Pause! Erleichtert legten sie ihre Werkzeuge und ihre angefangenen Arbeiten nieder und verliessen den Saal.

Pupio und Minea trafen sich hinter der Schule wie vereinbart. Dort ergingen sich Lehrer und Schüler im Schatten oder setzten sich auf den Boden, um etwas zu essen. Schweigend führte Pupio Minea unter den grossen Feigenbaum, der etwas abseits stand, und sie setzten sich.

„Ihr seid doch nicht hier, um mich zurückzuholen?" stiess er geängstigt hervor. „Ich möchte hier bleiben und nicht nach Knossos zurückgehen."

„Kein Mensch denkt daran, dich nach Knossos zu holen," sagte Minea und legte ihren Arm um seine Schultern. Sie spürte, wie er zitterte. Er war wirklich noch sehr jung.

Und dann stotterte er fast unhörbar: „Und Chrysotas? Ist er wirklich tot?"

Minea merkte, dass ihn diese Frage besonders geplagt hatte.

„Ja, er ist tot, er war gewürgt worden, aber gleichzeitig war wohl auch sein Herz zu alt und zu schwach für einen Überfall. Er ist mit allen Ehren beerdigt worden, die ihm gebührten."

Pupio schwieg lange.

„Du hast gar nichts falsch gemacht, du brauchst dir kein Gewissen zu machen."

Minea spürte genau, was ihn plagte.

„Ich hatte solche Angst. Der grosse Schwarze, der Chrysotas überfiel, schien so kräftig, er hätte bestimmt auch mich übel zugerichtet, wenn er mich erwischt hätte." Er schauderte in Gedanken an jenen schrecklichen Tag.

„Ich bin weggelaufen und habe mich in einem Kellerloch versteckt. In der Nacht bin ich dann auf und davon gegangen, möglichst weit weg von Leuten, die mich kennen. Ich hatte Angst, dass der Grosse mich auch noch suchen würde. Auf keinen Fall wollte ich mehr in Knossos bleiben, es war mir nicht mehr geheuer dort. Ich wollte nur weg so schnell ich konnte, immer weiter südlich, und schliesslich landete ich in Phaistos."

Wieder schüttelte es ihn beim Gedanken an seine Flucht in der Dunkelheit und den langen Weg.

„Der Kerl verfolgt mich jetzt noch im Traum, und ich fürchte mich immer noch im Dunkeln, wenn ich um eine Ecke gehen muss. Immer wieder meine ich, ich sehe den grossen dunklen Wuschelkopf mit den riesigen Pranken und dem halben Mittelfinger."

„Und wie ist es denn dazu gekommen, dass du als Schüler hier lernen und arbeiten darfst?"

Pupio taute etwas auf; diese Geschichte zu erzählen machte ihm sichtlich mehr Spass.

„Das war ein grosses Glück. Ich wagte natürlich nicht, mich an der Palastpforte zu melden. Ich bin viel zu klein und zu unscheinbar, man hätte mich nur ausgelacht, wenn ich um Einlass gebeten hätte. Ich hatte ja wirklich keinen Grund, aber ich wäre so gern einmal eingetreten. So wartete ich einfach und dachte an nichts besonders.

Aber dann hatte ich grosses Glück. Eine Gruppe von wichtigen Leuten aus Ägypten, die eben in Kommos aus einem Schiff ausgestiegen waren, wollte den Palast besuchen, und da habe ich mich einfach angeschlossen, niemand hat etwas gemerkt. Ich wurde anstandslos überall mit den andern hindurchgeführt. Die Priester, welche die Schule zeigten, waren besonders bemüht, die guten Seiten herauszustreichen."

Pupio lächelte verschmitzt, als er seine Geschichte erzählte.

„Als wir in die Goldschmiede-Abteilung eintraten, die mich natürlich besonders interessierte, war da ein Lehrer gerade daran, einen Schüler auszuschelten. Der hätte an einer Brosche in der

106

Mitte eine gewölbte Scheibe mit winzigen Kügelchen schmücken sollen, mit Granulat, und das war ihm völlig danebengeraten."

Pupio gluckste vor Vergnügen, als er sich wieder an die Szene erinnerte.

„Es war ein Schauspiel zu hören, wie der Lehrer gerade zu einer heftigen Schimpftirade ansetzte, als wir eintraten. Doch sogleich änderte er seinen Ton, wurde sehr freundlich, als Gäste kamen, und liess den Schüler sitzen. Er führte die Besucher zu seinem besten Schüler und erklärte und zeigte lange die Arbeiten, die sie alle angefertigt hatten. Der Schüler mit dem misslungenen Granulat war über seinem Werk in Tränen ausgebrochen und sass unglücklich und unbeachtet an seinem Tischchen. Ich ging zu ihm hin, liess mir das Missgeschick erklären und sah sogleich, dass da nicht allzuviel verdorben war."

Pupio war ganz ins Feuer gekommen, seine Augen strahlten.

„Solche Arbeiten hatte ich schon zu Dutzenden ausgeführt, und da nahm ich das Stück in die Hand und applizierte das schönste Granulat, ordentlich, regelmässig, gar mit einem kleinen Muster. Das mache ich sehr gerne. Während der Lehrer noch den Ägyptern seine besseren Schüler vorzeigte, war da die hübscheste Brosche entstanden. Als der Lehrer das sah, war er echt verblüfft. Ich glaube fast, er hätte es selber nicht so perfekt hingekriegt."

Pupio kicherte, man merkte ihm seinen Stolz so richtig an.

„Der Schüler, der immer noch schluchzte, zeigte auf mich: ‚Der da hat es gemacht!' Granulieren war nicht gerade die Spezialität des Lehrers, also kein Wunder hatte er es seinen Schülern nicht beibringen können. Er fragte mich aus, ob ich in Ägypten solche Kunst gelernt hätte, denn er war immer noch der Meinung, ich gehöre zu der Besuchergruppe. Da musste ich zugeben, dass ich eigentlich aus Knossos stamme und dort gelernt habe, und ich fügte gleich hinzu, dass ich im Augenblick keinen Ort zum arbeiten hätte und auf keinen Fall zurückkehren möchte. Er war so begeistert, dass er mich gleich aufnahm, denn er hatte im Augenblick zu viele Schüler. So wurde ich eine Art Assistent besonders für das Fach Granulat, aber auch für viele andere kleine Aufgaben. Jedenfalls durfte ich bleiben und bin nun voll aufgenommen als Lehrerhilfe, hier zu arbeiten und zu lehren und zu lernen."

Er war ganz rot geworden von der langen Rede, die er hastig hervorgestossen hatte. Man merkte ihm an, dass er etwas erreicht hatte und jetzt zufrieden war, und Minea mochte es ihm gönnen, dass es ihm bis hierher so gut gegangen war. Dass er sich immer noch fürchtete, verstand sie bestens. Er wollte nicht gefunden werden, von niemandem, weder von den Wächtern in Knossos noch vom grossen dunklen Wuschelkopf. Immerhin fühlte er sich hier in Sicherheit.

Die Frage, wie denn der Bienenschmuck zerstört worden war, stellte sie ihm wohlweislich nicht. Sie hätte ihm nur noch mehr Schuldgefühle aufgehalst. Es war ja auch offensichtlich gewesen, dass riesige Schuhe die Goldteile am Boden zerstört hatten. Pupio hatte schon ein genügend schlechtes Gewissen, dass sein Meister vor seinem Augen ermordet worden war, sie wollte ihn nicht noch mehr kränken.

Grosser dunkler Wuschelkopf mit riesigen Pranken, nannte Pupio den Mörder. Minea versuchte sich zu erinnern. Wer passte auf diese Beschreibung? Irgendwo in ihrem Kopf spukte ein solches Bild herum.

# 15

Schweissgebadet stand Vera auf, schüttelte sich und mühte sich ans Fenster. Tatsächlich, schon raste wieder ein rotes Polizeiauto vorbei. Was war denn los? Eine Feuersbrunst? Aber das würde Feuerwehrautos bedeuten, und vielleicht Krankenwagen. Dies hier waren gewöhnliche Polizeiautos, kleinere mit drei oder vier Polizisten drin, und da kam eben ein grösserer Wagen um die Ecke, auf welchem an die zehn oder zwölf Polizisten in starken Helmen und bewaffnet mit Stecken, Schilden und Pistolen sassen.

Vera, noch halb schlafend, wusch sich das Gesicht mit kaltem Wasser, nahm einen Schluck Saft aus dem Kühlschrank und begab sich auf die Strasse.

Auf dem Elefterias-Platz sah sie einige Polizeiautos vor dem Museum stationiert, andere sausten über den Platz und verschwanden durch das Tor gegen den Hafen hinunter. Von dort hörte man Gehupe und Sirenen.

„Die Polizei versucht, den Hafen, die Ausfallstrassen und den Flugplatz gleichzeitig zu kontrollieren," hörte sie einen Passanten sagen. „Kein Schiff darf den Hafen verlassen."

„Warum denn das?" fragte sie.

„Hast du's nicht mitbekommen? Diebstahl im Museum, die Bienen von Malia sind weg!"

Vera torkelte durch die Strassen.

Die Tasche wurde immer schwerer, sie meinte das Blechdöschen zu spüren, es brannte heiss an ihrer Seite. Sie verschob die Tasche und trug sie wieder andersherum, doch das Brennen liess nicht nach.

Was hatte sie da angerichtet? War die ganze Aufregung nur ihretwegen? War sie wirklich an all diesem Aufruhr schuld, sie ganz allein, eine kleine unbedeutende Touristin in Iraklion?

Und wie sollte sie da je herauskommen?

Sie achtete nicht auf die Strasse, benommen taumelte sie vorwärts. Da, ein Stoss, ein Motorrad war an ihr vorbeigerast und hatte sie gestreift und umgestos-sen, Vera lag auf dem Rand des Gehsteiges: Beim Fallen schlitterte ihre Handtasche auf die Strasse hinaus und öffnete sich beim Aufprall. Der Inhalt lag chaotisch verstreut auf der Fahrbahn.

Der Motorradfahrer hielt einige Meter weiter vorne an, wendete und trat besorgt zu ihr hin. Er war in den Fünfzigerjahren, gut gekleidet, ein Geschäftsmann auf dem Weg zu seiner Arbeit, vermutete sie.

„Haben Sie sich verletzt? Können Sie aufstehen?"

Warum hatte sie auch die Strasse überqueren wollen ohne links und rechts zu schauen?

Vera raffte sich auf und der Mann half ihr hoch. Es fehlte ihr gar nichts, merkte sie, sie hatte höchstens einige blaue Flecken abbekommen. Der Motorradfahrer war erleichtert, sie stehen zu sehen, und sagte mit leisem Vorwurf in der Stimme:

„Es war unmöglich auszuweichen, Sie sind so plötzlich auf die Fahrbahn getreten. Aber es tut mir wahrhaftig leid."

„Ganz mein Fehler, ich habe wirklich nicht aufgepasst, ich war ganz in Gedanken versunken."

Autos und Busse donnerten vorbei. Die Tasche und der Inhalt lagen noch auf der Fahrbahn. „Wir müssen noch ihre Siebensachen auflesen," sagte er, und eilte rasch zwischen zwei Lieferwagen auf die Strasse hinaus, um die offene Tasche zu packen – ein gefährliches Manöver. Zwei weitere Sprünge, und er hatte sowohl den Kamm wie auch den Geldbeutel wieder gerettet. Verärgert hupte ein Autobus, dem er sich beinah unter die Räder geworfen hätte, um noch die Identitätskarte und ein Päckchen Papiertaschentücher zu retten.

Es fehlte nur noch das kleine Bonbondöschen, das am weitesten weggerutscht war.

Vera sah es und eilte mit einem Schrei auf die Fahrbahn hinaus.

Im letzten Moment konnte der Motorradfahrer sie noch am Ärmel zurückziehen und vor einem Lastwagen retten.

„Nun müssen Sie aber wirklich besser aufpassen. Überlassen Sie das lieber mir. Das war jetzt echt lebensgefährlich."

Haarscharf fuhr das Rad des Lastwagens am Döschen vorbei, dann konnte es der Mann aufheben. Vera drückte es an sich, füllte auch alle andern Gegenstände wieder in ihre Tasche und bedankte sich verwirrt.

„Haben wir jetzt alles wieder gefunden?" lächelte der Herr, „selbst die Hustenbonbons? Kann ich Sie wirklich allein lassen? Sind Sie o.k.?"

Der Motorradfahrer entschuldigte sich nochmals wortreich und betonte wieder, man könne von Glück reden, dass nichts Schlimmeres geschehen sei. Vera sei höchst unerwartet und unvorsichtig auf die Strasse getreten, und das gleich zweimal! Er hoffe wirklich, sie habe keinen Schaden davon getragen.

Vera setzte sich auf den Sims eines Schaufensters und starrte wortlos auf die Fahrbahn hinaus. Der Motorradfahrer gab ihr seine Karte.

„Dies für den Fall, dass sich doch noch spätere Folgen des Sturzes zeigen. Ich bin eigentlich sehr in Eile, da ich einen dringenden Fall behandeln soll. Ich arbeite nämlich bei der Polizei."

Vera stiess einen Schrei aus – Polizei! Sie erhob sich, so rasch sie konnte, und rannte davon, drehte ab in eine enge Gasse und war schon verschwunden.

Der Polizist in Zivil schaute ihr kopfschüttelnd nach und setzte sich wieder auf sein Motorrad. Diese Touristinnen! Die da war wahrhaftig unberechenbar, ja etwas gestört. Er war erleichtert, dass die Sache so glimpflich abgelaufen war. Unfälle mit Ausländerinnen waren immer besonders mühsam.

Jetzt musste er aber rasch an die Arbeit und am Flugplatz versuchen, die Bienen zu stoppen, bevor sie irgendwo unwiederbringlich ins Ausland gelangten.

# 16

Adamas machte sich daran, Entwürfe für das Haus zu gestalten, das er ausmalen sollte. Oft traf er sich in Amnissos mit Selas, dem Besitzer. Sie waren gute Freunde geworden.

Manis begann seinen Unterricht am Palast. Er war jeden Tag neu begeistert, und jeden Abend erzählte er, was er wieder alles gelernt hatte. Auch über die kleinlichen Zänkereien und Eifersüchteleien wusste er immer wieder Lus-tiges zu berichten. Das Leben am Palast zeigte sich rasch als wenig königlich, es ging auch dort wie überall recht menschlich und alltäglich zu.

Minea hatte vorläufig noch nicht viel zu tun. Sie freute sich auf das neue Haus am Wasser, welches sie als warmes Heim für ihren Mann und dessen Bruder einrichten und führen wollte. Doch ihre Gedanken kehrten immer wieder zu den Ereignissen der letzten Wochen zurück. Immer wieder sinnierte sie, wie es dazu gekommen war, dass eine Sache, die so wunderbar begonnen hatte, so traurig enden musste.

Woran lag das wohl? Lag doch ein Fluch auf den Bienen? Oder hatte sie etwas falsch gemacht? Hatten sie allzu sehr nach Ruhm und Lob vom König gedrängt, anstatt sich um den Goldschmied zu kümmern? Hätten sie den Mord irgendwie verhindern können? Wenigstens schien Pupio jetzt einigermassen zufrieden und wohl versorgt zu sein.

Es war nicht Mineas Art, nur zu sinnieren und müssig zu sein. Sie musste sich eine Aufgabe stellen.

Die Aufgabe lag klar vor ihren Augen: Sie wollte den Mörder des Chrysotas finden und einer gerechten Strafe zuführen. Doch wie in aller Welt sollte sie die Aufgabe anpacken? Sie bemühte sich, möglichst geordnet und wohl organisiert vorzugehen. Also wo beginnen?

Sie ärgerte sich, dass sie Pupio nicht genauer ausgefragt hatte über den Mord und vor allem über den Mörder, doch sie hatte genau gespürt, dass er möglichst wenig über jenen schrecklichen Tag reden wollte.

Einen Hinweis konnten ihr bestimmt die Imker auf dem Juchtas geben, denn sie war inzwischen beinahe sicher, dass der Imker, der den Bienenschmuck verhöhnt hatte, der Mörder sein musste.

Lange wälzte sie ihre Pläne im Kopf. Musste sie wirklich auf den Juchtas steigen, um ihn zu finden? Sie war gar nicht darauf erpicht, ihn allein anzutreffen. Wenn sie ihm plötzlich gegenüberstünde?

Doch es blieb ihr nicht anders übrig, sie musste es wagen und sich der Gefahr stellen, und zwar allein. Wohlweislich erzählte sie den Brüdern nichts von ihrem Plan. Die beiden waren der Meinung, wohl nicht zu Unrecht, Minea wäre noch lange nicht genügend kretische Lebensart gewohnt. Sie waren beide besorgt um sie und hätten versucht, ihr den Plan auszutreiben.

So stieg sie am nächsten Morgen allein auf den Juchtas. Die Wiesen waren voller kräftig duftender Blumen und Kräuter, und beim näheren Hinschauen entdeckte sie in beinahe jeder farbigen Blüte eine Biene, die Nahrung suchte.

Bald war sie schon recht hoch gestiegen, ein beglückender Marsch im frühen Morgenlicht. Weit unten sah sie die bunten Häuser von Archanes und mitten drin den weissen Palast.

Hätte sie den Brüdern nicht doch mitteilen sollen, wohin sie ging? Wie, wenn ihr etwas zustossen würde?

Sie vertrieb rasch ihr schlechtes Gewissen, als sie von weitem die Gruppe von Imkern sah, die mit dem Aufstellen von Bienenhäusern beschäftigt waren. Sie duckte sich hinter einen Busch und schaute lange genau hin. Sie spähte scharf, doch wie lange sie das Kommen und Gehen auch beobachtete, sah sie keinen, der besonders gross war und einen schwarzen Wuschelkopf hatte. Pupio hatte immer wieder betont, dass der Mörder besonders gross und stark war.

Tapfer ging Minea auf den ersten nicht allzu grossen Imker zu. Er war gerade daran, eine der Tonröhren zu reparieren, in welchen sich die Bienen aufhielten. Gleich kam sie zur Sache:

„Ich suche einen Imker, der gross und fest ist und einen schwarzen Wuschelkopf hat."

Der Imker wusste sogleich, wen sie meinte.

„Den Klopas meinst du? Der ist nicht mehr hier. Seitdem alle seinen Bienen tot sind, hat er das Imken aufgegeben. Er war nie ein guter Imker. Warum er je diesen Beruf gewählt hat, ist uns allen ein Rätsel."

Der Imker setzte sich und hiess Minea sich neben ihn setzen. Eine kleine Pause war ihm willkommen.

„Also den Klopas suchst du. Dem fehlte sozusagen alles, was es zum Bienenzüchter braucht. Seine Hände sind zu grob, er ist zu laut, er ist ungeschickt, einmal hat er sich sogar selber aus Versehen einen halben Finger abgehackt. Seine Bienen waren nie besonders ergiebig. Und vor allem war er immer mürrisch und unfreundlich. So etwas spüren Bienen nämlich auch."

Niemand war traurig, dass er verschwunden war.

„Bist du nicht das Mädchen, das den wunderschönen Bienenschmuck für Melissa präsentiert hat? Das war wirklich ein Höhepunkt. Erinnerst du dich, wie unerhört Klopas sich auch damals benommen hat, sogar vor dem König? So dumm von ihm, eure Weihgabe zu beleidigen. Typisch."

„Hast du eine Ahnung, wo er jetzt sein könnte?"

„Sehr viel kann der ja nicht. Wahrscheinlich hilft er auf irgend einem der grossen Gutshöfe bei der Ernte. Da werden immer wieder starke Leute gebracht, eigentlich das ganze Jahr hindurch, beim Pflanzen und beim Ernten. Besonders begabt muss man da nicht sein, und es ist ein Vorteil, wenn man kräftig ist. Und von irgend etwas muss der Mensch doch leben."

Der Imker schmunzelte. „Feigen vom Baum pflücken, Trauben lesen und stampfen, Getreideballen aufheben – das braucht kein Köpfchen, da genügen kräftige Hände."

Sie plauderten noch ein wenig, dann verabschiedete sich Minea.

Doch nun wusste sie nicht weiter. Wo auf ganz Kreta sollte sie den Imker suchen? So viele Gutshöfe kamen in Frage, und überall wurde fleissig gearbeitet, besonders jetzt im Herbst.

Da sie so oder so häufig nach Knossos und Amnissos hinunter stieg, sei es um sich einzudecken, sei es zum Vergnügen, sei es, um das neue Haus zu begutachten, hoffte sie vage, vielleicht einmal zufällig den Imker zu treffen oder wenigstens einen Hinweis zu finden, wo er sich aufhalten könnte. Es war ein schwacher Trost, doch es blieb ihr nicht viel anderes übrig als Augen und Ohren offen zu halten.

Doch nichts geschah. Die Tage zogen dahin, bald würden sie ins Haus am Meer ziehen. Minea war ja sonst nicht leicht abzubringen von einer Idee, doch diesmal war sie am Ende mit ihrer Phantasie, ihr Ideenschatz war leer. Sie konnte nur noch vage auf eine Eingebung hoffen, etwa auf einen dienlichen Traum, von Zeus gesandt.

Sie musste nicht lange warten. Die Lösung kam bald, allerdings nicht als Traum, sondern handgreiflich in Gestalt eines Menschen.

Eines morgens wurden die drei in ihrer Höhle aus dem Schlaf aufgeschreckt. Ein Schatten stand am Eingang.

„Endlich habe ich euch gefunden," keuchte Pupio, „ich bin den ganzen Weg von Phaistos hierher gelaufen, meist in der Nacht, um euch zu finden. Ihr seid die einzigen, die mir helfen können."

Er sank auf den Boden und wurde geschüttelt vor Weinen.

„Setz dich und nimm zuerst etwas zu trinken. Du hast bestimmt auch Hunger?"

Pupio nickte stumm und Minea stellte eine Schüssel mit Oliven, Brot und Käse vor ihn hin und einen Becher voller Milch. Sie schauten zu, wie er heisshungrig ass und trank und liessen ihm Zeit sich zu stärken. Nach einer geraumen Weile sagte Adamas:

„Kannst du uns nun erzählen, warum du uns gesucht hast?"

„Es ist etwas Schreckliches geschehen, ihr müsst mir helfen,"
stiess er hervor. Kaum konnte er die Worte finden. Doch dann
kam es ganz leise aus ihm heraus:

„Der Mörder ist in Phaistos."

„Grossartig, so können wir ihn festnehmen lassen und ihn dem
König ausliefern."

Minea sah schon ein farbiges Bild vor sich, wie sie den grossen
Grobian an einer Kette festgebunden dem König in Knossos vor
die Füsse führen würde.

„Wie wollt ihr das denn anstellen? Er ist ja so gross und stark."

„Erzähl uns doch einfach, was du weisst. Wir werden schon
einen Weg finden."

„Also ihr wisst ja, dass ich in Phaistos als Helfer des Lehrers
für Goldschmiedekunst aufgenommen wurde. Auch andere
Priester, Lehrer, Wärter im Tempel sind manchmal froh um
meine Hilfe. So hat mich auch einmal der Essmeister herbeigeru-
fen, als der Kochgehilfe krank war. Er hat mich geheissen, den
Landarbeitern ihre Suppe auszuteilen. Das ist nicht schwierig. Sie
stellen sich an in einer Reihe, jeder hält seinen Napf hin, und mit
einer grossen Kelle muss ich jedem Suppe schöpfen. Und dann
geschah es …"

Soweit war er in der Geschichte gut vorangekommen, doch
jetzt holte ihn die Erinnerung ein, er konnte nicht mehr weiter-
sprechen. Die drei warfen sich Blicke zu, doch warteten sie ruhig,
bis er sich gefasst hatte.

„Da hielt eine riesige Hand einen Napf hin – und dem Mittelfinger fehlte das vordere Glied."

Es schüttelte ihn wieder, wenn er an das Bild dachte.

„Und das war der Mörder, der euch in der Werkstatt überfallen
hat? Hast du ihn erkannt? Hast du ihn genau angeschaut?"

„Wo denkst du hin! Natürlich habe ich ihm nicht ins Gesicht
geschaut, wie hätte ich es auch wagen können. Ich habe mich
noch mehr geduckt und mein Käppchen über die Stirne gezogen.
Aber die Hand – eine solche Hand gibt es nicht so rasch wieder,

und eine solche Hand vergisst man nicht. Und seine Schuhe habe ich gesehen – die waren riesengross und fest."

„Du glaubst also nicht, dass er dich erkannt hat?"

„Bestimmt nicht. Er hätte mich wohl gleich gepackt und zermalmt. Nein, ich habe mir alle Mühe gegeben, mir nicht zu viel anmerken zu lassen und meine Arbeit ordentlich fertig zu machen, dann als es dunkel wurde, bin ich gleich heimlich davongeschlichen, um euch das zu melden."

Am nächsten Morgen machten sich Minea und Pupio auf den Weg nach Phaistos. Manis konnte sich nicht vom Unterricht lossagen, und Adamas hatte eben begonnen, das neue Haus auszumalen. Ein Unterbruch war nicht möglich. Alle waren zuversichtlich, dass Minea mit Pupio zusammen die Aufgabe schon lösen würde.

Minea sass neben Pupio, als er wieder Suppe ausschöpfte, und tat so als helfe sie ihm dabei. Wieder senkte er sein Gesicht und guckte nicht unter seinem Käppchen hervor, sondern fixierte bloss die Töpfe und die Hände, die sie hinstreckten. Minea jedoch schaute jedem der Antretenden kühn ins Gesicht. Die meisten freuten sich, dass sie an diesem Tag von einem hübschen Mädchen angelacht wurden.

Und wirklich, nach etwa zwanzig harmlos dreinschauenden Traubenlesern kam der grosse Schwarze daher. Sie schaute ihn herausfordernd an, und er schaute zurück.

Beiden stockte eine kurze Zeit der Atem. Jedenfalls beantwortete er ihren Blick mit einem ebenso scharfen Blick. Es arbeitete in seinem Hirn, er suchte sich zu erinnern, wer ihn da so anmassend anstarrte. Woher kenne ich dieses Mädchen? Minea sah es genau, wie es plötzlich zuckte um seine Augen herum, beinahe unmerklich. Es schien in ihm zu arbeiten. Hatte er sie wohl erkannt?

Dann lockerte sich seine Miene, er hatte sie eindeutig zugeordnet: Das Mädchen, das die goldenen Bienen oben auf dem Juchtas präsentiert hatte!

Doch er liess sich nichts anmerken und schlurfte davon mit seinem Suppentopf.

Am Abend besprachen Pupio und Minea das weitere Vorgehen. Irgendwie mussten sie Hilfe holen, denn wie sollten sie zu zweit diesen Hünen überwältigen und auch überführen?

Sie kamen zu keinem Schluss und entschieden sich, am nächsten Tag dem König zu berichten. Er residierte im Augenblick in Agia Triada, eine halbe Stunde von Phaistos weg, da er von dort aus am besten die Fortschritte beim Bau des neuen Hafens von Kommos beobachten und lenken konnte.

Jedenfalls waren beide gutes Muts, dass der Bösewicht bald geschnappt sein würde. Minea war direkt übermütig, es schien ihr, ihre Aufgabe sei schon beinahe erfüllt. Nun würde die Welt endlich wieder in Ordnung sein, der Böse würde bestraft, und Chrysotas einigermassen gerächt werden.

Als Pupio am Abend noch gebraucht wurde bei einer heiklen Goldschmiede-Arbeit, ging sie etwas hinaus vor den Palast, um nochmals die einmalige Rundsicht zu geniessen. Es war ein milder Sommerabend, es liess sich wundervoll spazieren und das Meer in der Ferne betrachten. Allzu weit wollte sie jedoch nicht mehr gehen, es wurde rasch dunkel.

Sie kam auch wirklich nicht weit in ihrem Spaziergang.

Plötzlich knackten Zweige in einem Busch am Wegrand, sie wurde von zwei starken Händen gepackt, und bevor sie schreien konnte, hielt ihr eine dicke Hand den Mund zu. Sie wurde grob über den Boden geschleift, sie zappelte und wehrte sich, schlug mit den Händen um sich – doch alles nützte nichts, der Angreifer war unendlich viel stärker. Ein Schuppen am Wegrand, in welchem die Nacht hindurch Werkzeuge und Geräte versorgt wurden, stand offen, sie wurde hineingezerrt und schon lag sie auf dem Boden. Die Hände wurden ihr auf dem Rücken mit einem dicken Bast zusammengebunden, und darauf gleich auch noch die Füsse, ihr Mund wurde stumm gemacht durch eine dicke Binde. Alles ging blitzschnell. Sie lag auf dem Bauch, das Gesicht in den Boden gedrückt.

Und schon schlug die Türe zu und der Grosse war weg.

Minea war wie benommen. Sie war viel zu sehr erschrocken, als dass sie verzweifelt hätte sein können. Sie spürte nur, wie Hände und Füsse schmerzten von den satt angezogenen Fesseln.

Wie den Schmerz mildern? Loslassen, sich gehen lassen, alles lockern – so hatte sie es gelernt auf Kalliste bei ihren sportlichen Betätigungen mit ihrem grossen Bruder. Da war oft ein Fuss verstaucht , eine Schulter verdreht, ein Zehen gequetscht worden. Tief durchatmen, die Gedanken ablenken von der schmerzenden Stelle, sich etwas Schönes, etwa eine Blumenwiese, genau vorstellen – das half alles.

Doch diesmal ging es nicht nur darum, den Schmerz zu bekämpfen. Jetzt stellten sich noch ganz andere Probleme. Sie war weit weg von ihrer Familie, von ihren Freunden, und kein Mensch wusste, wo sie war. Irgendwie musste sie sich selber aus dieser misslichen Lage befreien. Ihr Feind war ein enorm starker Gegner, er würde wiederkehren und kein Erbarmen zeigen.

Also nichts wie weg von hier. Aber wie?

Wo war sie eigentlich? Unterdessen hatten sich ihre Augen etwas an das Dunkel gewöhnt. Der Raum war klein, nur mit einem winzigen Fenster hoch oben. Der Boden war schmutzig, voller Sand und kleiner Steine. An den Wänden standen Geräte, die alle beim Bauen benützt wurden.

Was war ihr geschehen? Sie hatte nur einen Gedanken: Der Bösewicht war bestimmt nicht allzu weit weg, doch glaubte er wohl, sie für eine Weile mundtot gemacht zu haben. Er würde nicht so rasch zurückkehren. Oder würde er überhaupt zurückkehren? Was hatte er im Sinn? Wollte er sie einfach ihrem Schicksal überlassen und bestrafen? Würde er sich aus dem Staub machen, so weit weg als es anging?

Sie würde nicht klein beigeben, bestimmt nicht!

Mühsam wälzte und robbte sie sich gegen die Wand. Im äusserst prekären Licht erkannte sie einige Werkzeuge, Schaufeln, Hacken, Gabeln.

In kleinsten Bewegungen konnte sie sich den Geräten nähern. Da stiess sie mit dem Kopf an eine Schaufel, die fiel um und schlug ihr auf die Stirn. Ein neuer Schmerz durchzuckte sie. Ob sie wohl blutete?

Egal, immerhin war sie nun in der Nähe von einigen schärferen Kanten. Mit Mühe näherte sie ihre hinten dem Rücken zusammengebundenen Hände an die Werkzeuge heran. Sie konnte im Dunkeln nicht mehr erkennen, was im einzelnen da stand oder lag, so bewegte sie ihre Hände auf dem Rücken aufs Geratewohl und hoffte, durch eifriges Schaben und Reiben an etwas Hartem das Band zu durchschneiden.

Immer wieder musste sie anhalten und neu Atem schöpfen. Aber irgendwie hatte sie das Gefühl, dass das Reiben doch nützte, jedenfalls änderte sich das Geräusch etwas.

Tatsächlich, nach einer Viertelstunde sprang die Fessel auf, ihre Hände waren frei. Als sie sie etwas gelockert und geschüttelt hatte, war es ein Leichtes, auch die Fussfesseln und die Binde um ihren Mund zu lösen, und schon stand sie auf, bereit aus ihrem Gefängnis zu fliehen.

War der Bösewicht wohl draussen und wartete? Warum auch, es schien ihm ja wohl, er habe solide Arbeit geleistet. Sie lauschte an der Türe, nichts war zu hören.

Die Türe hatte nur aussen eine Falle, sie konnte von innen nicht geöffnet werden – das hatte sie vermutet.

Recht hoch oben war ein Fensterloch offen. Der Ausgang schien zwar äusserst eng, doch das würde sie bestimmt schaffen, sie musste sich nur sehr dünn und lang machen.

Es war keine Sache, auf die Höhe des Fensters zu gelangen. Aus den verschiedenen Geräten und Gestellen liess sich leicht eine Treppe bauen, die bis zum Fensterchen reichte.

Einen Arm streckte sie neben ihrem Ohr durch das Fenster, dann drehte sie ihren Kopf so weit, dass er neben dem Arm in die Öffnung passte und schob ihn durchs Fenster. Jetzt noch die Schultern einziehen, der restliche Körper folgte problemlos.

Sie fiel recht hart auf den steinigen Boden neben der Hütte, doch fing sie den Sturz mit den Händen auf und verletzte sich nicht zusätzlich.

Das hatte einigen Lärm verursacht. Einige Minuten sass sie ganz still um zu lauschen. Nur nicht auf sich aufmerksam machen. Doch nichts rührte sich, der Bösewicht schien weggegangen zu sein.

Als sie Pupio von ihrem nächtlichen Abenteuer erzählte, war er entsetzt. Er wollte gleich mit ihr weglaufen, nach Knossos, und die ganze Sache mit der Überführung des Mörders aufgeben.

Am nächsten Morgen nahm Minea entschlossen den kurzen Weg nach Agia Triada unter die Füsse. An der Pforte zum Palast staunte der Pförtner nicht wenig, als da eine junge Dame erschien, die resolut verlangte, den König persönlich zu sprechen. Wie wenn das jeder könnte!

Doch es gelang dem Pförtner nicht, die beharrliche Dame abzuspeisen.

"Dann warte ich eben an der Pforte. Einmal muss er ja da durchkommen, wenn er drinnen ist, und wenn er draussen ist, ebenfalls."

Das leuchtete dem Pförtner ein, und so liess er Minea schliesslich eintreten und in einem Warteraum Platz nehmen, wo es angenehm kühl war. Er ging sogar so weit, ihr einen Traubensaft anzubieten, so sehr beeindruckte ihn ihre entschlossene Haltung.

Unsicher fragte er, was sie denn wünsche vom König?

Als sie ihm erzählte, dass sie daran sei, den Mörder des Goldschmiedes Chrysotas zu fangen, war er sichtlich erregt. Das sei eine willkommene Nachricht, eine lang erhoffte. Er werde sogleich eilen und die zuständigen Beamten informieren.

Zwei Männer, Leibwächter, standen bald vor ihr. Sie waren nicht besonders gross, doch schienen sie wendig und schlau. Sie erzählte ihnen genau, was geschehen war. Sie vereinbarten, bei der Mahlzeiten-Ausgabe am folgenden Tag sich unauffällig in Phaistos einzufinden und zu dritt den Mörder zu packen.

Am Tag drauf, als sich wieder eine lange Schlange von Feldarbeitern vor den Suppentöpfen einfand, standen auch die zwei Leibwächter bereit. Pupio schöpfte Suppe aus und Minea sass neben ihm.

Doch in er langen Reihe war kein Klopas dabei. Er sei nicht mehr in ihrer Gruppe, doch sei er vielleicht im Rübenfeld eingesetzt worden, sagte einer Minea auf ihre Nachfrage.

Pupio sah schon wieder schwarz. Klopas hatte Lunte gerochen und sich aus dem Staub gemacht, oder noch schlimmer, sich irgendwo in der Nähe versteckt, damit er sich rächen könne.

Minea sah es anders. Sie fragte überall herum, wer wohl einen grossen Schwarzlockigen gesehen habe, und es ging nicht lange, da wurde ihr berichtet, dass er sich zum Bau beim Hafen bei Kommos gemeldet habe und wohl jetzt dort arbeite. Eine dumme Wahl, fanden die Kollegen, Bauen sei viel heisser und mühsamer als Traubenpflücken.

Sogleich am nächsten Mittag ging Minea mit den zwei Leibwächtern nach Kommos.

Was für ein grossartiger Hafen war da im Entstehen! Die Küste am Ende der Messara-Ebene war an einigen Orten flach, an andern war sie durchzogen mit typischen Felsrücken, die bis ans Meer reichten. Es war ein idealer Ort für einen Hafen und bot vielseitige Möglichkeiten. Hier konnten die kostbaren Früchte und Gemüse aus der Messara gleich verladen werden und mussten nicht den langen Transport über die Berge nach Amnissos erdulden, und was immer aus der weiten Welt nach Kreta kam, fand von Kommos aus einen raschen Weg in eine der minoischen Städte.

Geduldig stellten sich Minea und ihre zwei Helfer auf. Pupio hatte sich strikte geweigert mitzukommen.

Zur Mittagszeit kamen die Bauarbeiter aus allen Richtungen, um ihre Mahlzeit zu empfangen. Die Suppe wurde oben auf dem felsigen Grat, der die beiden Hauptteile des Hafens trennte, ausgeschöpft. Von dort aus überblickte man beide Abschnitte des Strandes, in denen gebaut und gearbeitet wurde.

Die Arbeiter warfen ihre Werkzeuge erleichtert nieder, als der Klang von zwei Metallstäben zum Mittagsunterbruch rief, und erklommen die kleine Anhöhe.

Misstrauisch beobachteten sie die zwei königlichen Wächter, die neben der improvisierten Küche standen und scharf herumblickten. Was wollten die wieder? Was bedeutete das?

Manch einer der Arbeiter war nicht aus freiem Willen hier auf dem heissen Bau tätig, Die Bauarbeiten am Hafen galten als besonders streng und besonders heiss, waren daher am wenigsten beliebt. Viel angenehmer war es, in einem Feld in der Nähe von Schattenbäumen die Ernte einzubringen. Die meisten, die in Kommos arbeiteten, hatte sich irgendwo unmöglich gemacht, mussten verschwinden aus irgend einem Grund und waren froh, wenigstens hier Arbeit und einen Lebensunterhalt zu finden. Mancher zuckte zusammen beim Anblick der Wächter und fürchtete schon, sie suchten ihn.

Die Wächter musste nicht lange warten. Bald sahen sie in der langen Schlange der Hungrigen einen Hünen unter den Männern, der auch den beschriebenen dunklen Wuschelkopf hatte. Das war eindeutig der Gesuchte. Minea gab den Männern ein Zeichen, und sie schritten auf ihn los.

Sie baten ihn, seine Hände zu zeigen. Er war so verblüfft, dass er ihnen gehorchte und sie ihnen hinstreckte. Tatsächlich fehlte ein Glied des Mittelfingers.

Doch sogleich merkte er, dass er einen Fehler begangen hatte und legte seine Hände auf den Rücken.

„Was geht euch das an? Was wollt ihr von mir?" schrie er sie an, „ich mache meine Arbeit für den König und ihr hindert mich daran."

„Du hast den Goldschmied in Knossos getötet. Man sucht dich. Folge uns!" sagte der eine leise, aber bestimmt. Er wollte kein Aufhebens machen und die Sache ruhig hinter sich bringen.

Klopas fuhr unmerklich zusammen, wurde eine Sekunde lang unsicher, doch rasch fasste er sich wieder

„Das kann jeder behaupten. Und einen Mittelfinger, der nicht mehr ganz ist, hat noch mancher auf Kreta." Er versuchte ein amüsiertes Lachen, doch es klang eher beunruhigt. Er trat zwei Schritte zurück, wie um etwas Abstand zu gewinnen.

„Danke für den Sohlenabdruck mit dem Kreuz," sagte der erste der Wächter und zeigte auf den Boden, „den kennen wir von der Goldschmiede-Werkstatt in Knossos her."

Alle schauten auf den Boden, und tatsächlich sah man ganz deutlich im Staub eine Sohle mit einem Kreuz.

„Folge uns," sagte einer der Wärter nochmals, diesmal schärfer, aber immer noch leise. „Am besten du kommst jetzt ruhig mit uns, sonst müssen wir grob werden."

Doch Klopas war auf der Hut. Blitzschnell wandte er sich um und stürmte davon. Minea, die in der Nähe stand, wurde überrannt und flog auf die Seite. Sie konnte sich grad noch auffangen, bevor sie das Grasbord hinunter rutschte.

Nun waren alle in der Suppenschlange aufmerksam geworden. Einige eilten herbei und halfen Minea auf die Beine, andere schauten interessiert zu, wie der grosse Schwarze davonrannte. Ob ihn die zwei Wächter erwischen würden? Die Loyalitäten waren geteilt. Einerseits war es einer der Ihrigen, der in Not war, anderseits war er alles andere als beliebt.

Was hatte der Hüne im Sinn? Warum rannte er gegen das Meer? Hoffte er noch, die kleine Treppe zu erreichen, die auf den untern Werkplatz führte?

Gespannt sahen alle zu, wie die zwei Wächter dem Flüchtenden nacheilten. Es waren wendige Kerle, es war eher aussichtslos für Klopas, ihnen zu entkommen. Nach einem kurzen Spurt gelang es dem einen, ihn einzuholen und am Arm zu packen. Doch er hatte nicht mit der Kraft gerechnet, die der Hüne in seinen Händen hatte. Klopas stiess in weg und wollte weiter fliehen. Im letzten Moment konnte der zweite Wächter ihn zu Fall bringen, indem er ihm ein Bein stellte. Der Gefallene packte seinerseits den Wächter, welcher über ihn stolperte, am Bein und riss ihn ebenfalls zu Boden. Der Wächter fiel über Klopas, der unter ihm lag, und gegenseitig hielten sie einander fest. Sie verkeilten sich und rollten über den holprigen Weg, jeder bemüht, sich aus der Verklammerung zu befreien. Nun waren sie schon gefährlich nahe an die Felskante herangeraten.

Minea schrie auf, auch die andern eilten hinzu, um die Kämpfenden zu trennen.

„Loslassen! Aufpassen! Haltet ein!"

Doch sie waren zu spät. Schon waren die beiden, ineinander verschlungen, über die Kante hinausgerollt und rutschten das steile Felsbord hinunter, das direkt im Meer endete.

Die andern eilten an die Stelle, wo die beiden verschwunden waren und schauten entsetzt in die Tiefe.

Der Wächter hatte sich an einem Busch halten können und klammerte sich verzweifelt daran, um nicht ganz abzustürzen.

Für Klopas kam jede Hilfe zu spät. Er hatte seinen Kopf an einem Felsen aufgeschlagen und rollte nun hilflos und bewusstlos das Bord hinunter ins Meer. Dort blieb er liegen, nur die Wellen bewegten ihn leise auf und ab und färbten sich langsam rot.

# 17

Vera war verzweifelt. Wie würde es weitergehen? Wohin sollte sie die Bienen bringen, damit sie möglichst rasch gefunden würden?

So ging das nicht weiter. Nochmals setzte sie sich auf eine Bank und atmete tief durch. Nur jetzt den Kopf nicht verlieren, nur nicht nochmals beinahe überfahren werden. Sich schön entspannen, alle Muskeln loslassen, tief atmen, ganz ruhig auf dreissig zählen.

Und wieder und wieder versuchen, die wirren Gedanken zu ordnen. Es gab ja bestimmt verschiedene Möglichkeiten, alle waren nochmals genau zu prüfen.

Sollte sie nach dem Obersten des Museums fragen und ihm alles wahrheitsgetreu beichten? Nein, da wür-de sie sterben vor Scham, so dumm hatte sie sich benommen. Und möglicherweise würde auch Kalliopi zu leiden haben.

Oder könnte sie, wenn sie die Bienen einfach auf die Vitrine legen würde, so wie sie es sich zuerst vorgestellt hatte, in der Nähe stehen bleiben und sie hüten? Oder sollte sie einfach so tun, wie wenn sie die Bienen eben am Boden gefunden hätte? Oder sie auf den Boden legen und zufällig beinahe drüber stolpern? Etwas unglaubwürdig, aber immerhin einige Ideen, die es auszuprobieren galt.

Es war wohl am besten einmal ins Museum zu gehen und sich umzusehen, was es dort für Möglichkeiten gab vorzugehen. Einmal im Saal VII drin würde ihr bestimmt eine Idee kommen, wie sie die leidigen Bienen anständig los würde.

Doch das Museum war geschlossen und dicht gemacht. Polizisten bewachten jeden Eingang und jedes Fenster.

Nichts zu machen.

Wieder weg, möglichst weit weg von der Polizei. Und wieder konnte sie keinen klaren Gedanken fassen, wusste nicht ein noch aus, eilte verwirrt durch die Gassen von Iraklion, knapp den Autos und den Besuchergruppen ausweichend. Mit aller Kraft drückte sie ihre Tasche an ihre Brust. Nur die nicht noch einmal fallen lassen. Nur weiter, weg, weg.

Bald wusste sie nicht mehr, wo sie sich befand.

Schliesslich stiess sie auf die grosse venezianische Mauer, welche die ganze Stadt umschloss. Sie stieg eine der schmalen Treppen hinauf. Da oben war es ruhig, da oben war sie in Sicherheit, das wusste sie noch von früher. Da konnte man seine Gedanken vielleicht besser ordnen.

Und tatsächlich, kaum hatte sie die Treppen erklommen, umgab sie eine ungewohnte Stille. Nur von ferne klang der Strassenlärm und der Baulärm bis hinauf in diese Höhe, und nur von ferne sah sie die gestauten Autokolonnen und die Kranen und Bagger und Arbeiter an den verschiedenen Baustellen sich bewegen. In Gedanken versunken, wie von einer fremden Hand geführt, wankte sie vorwärts.

Da plötzlich sah sie einen Schatten am Boden, ein Kreuz. Sie hob die Augen und stand vor einem grossen einfachen Holzkreuz.

Das Grab von Nikos Kazantzakis!

Das hatte sie schon früher einmal besucht, doch lange war es her. Seither war sie nie mehr an diesen Punkt zurückgekehrt. Nicht weil es ihr nicht gefallen hätte, nein, sondern eher weil er etwas abgelegen und recht schwierig zu finden war, wenn man allein war. Und sie war in den letzten Malen meist allein in Kreta gewesen.

Schon damals hatte das einfache Grab sie beeindruckt mitten im Stadtgetümmel von Iraklion – es strahlte Ruhe aus, Weltüberwindung, Gelassenheit.

Kazantzakis, der kretische Dichter, hatte seiner Heimat in mehreren Romanen ein unvergessliches Denkmal gesetzt. Er hatte sein Leben aus der Fülle heraus dargestellt und gemeistert. Kazantzakis hatte in einer harten Zeit gelebt, viel durchgemacht, die Befreiung Kretas von den Türken als Kind miterlebt. Er hatte mit noch ganz anderen Schwierigkeiten zu kämpfen gehabt.

Lange schaute sie den Grabspruch an, der fest in seiner Handschrift eingemeisselt war: „Den elpizo tipota, de foboumai tipota, eimai lefteros - ich hoffe nichts, ich fürchte nichts, ich bin frei."

Sie setzte sich auf den Stein und dachte nach. Konnte sie das auch von sich sagen?

Hoffte sie nichts? O doch, sie hoffte, die leidige Geschichte mit den gestohlenen Bienen bald gütlich zu Ende zu bringen.

Fürchtete sie nichts? O doch, sie fürchtete entdeckt zu werden, als Verbrecherin bestraft und blossgestellt zu werden, auch wenn ihre Absichten gar nicht böse gewesen waren.

War sie frei? Ganz und gar nicht! Sie war eine Gefangene ihrer eigenen Angst.

Aber es musste eine Lösung geben, die ihr die Ruhe zurückgeben würde. Kazantzakis musste ihr den Weg weisen. Er war frei.

Und wie war er frei geworden? Hatte nicht Alexis Sorbas für sich selber eine anschauliche Lösung formuliert? Wie hiess der Spruch doch wieder, den sie damals etwas überheblich belächelt hatte?

„Jeder Mensch braucht ein bisschen Wahnsinn, sonst wagt er es nicht, seine Fesseln zu durchschneiden und frei zu sein."

Das war es. Sie war in Fesseln, sie musste sie durchschneiden, also musste sie etwas Unerhörtes tun, eben etwas Wahnsinniges. Normales logisches Denken führte in ihrem Fall zu keinem Ziel; rationale Lösungen waren unmöglich. Sie musste etwas Irres tun. Dann würde sie frei.

In Gedanken versunken schaute sie auf die Grabplatte und die verwelkten Blumen, die von früheren Besuchern hingelegt worden waren.

Warum nicht frische Blumen niederlegen, einen frischen Strauss von wunderschönen roten Blumen aus seiner Heimat? Sie musste nicht weit suchen, denn um den grünen Rasen herum wuchsen üppig Sträucher mit dunkelroten Blumen, deren Namen sie nicht kannte.

In einer voll erblühten roten Blume sass eine Biene. Vera schaute ihr lange zu. Als die Biene endlich davonflog, reich beladen, durchzuckte es Vera. Steckte da drin wohl die Lösung? Mit ein bisschen Wahnsinn? Waren diese roten Blumen gar Goldmelissen? Botanik war nicht ihre Stärke, aber das war durchaus möglich. Und schon hatte sie zur ersten Blume noch einige weitere gepflückt. Dann setzte sie sich mit dem Strauss auf die Grabplatte und starrte ins Weite.

Ein Rudel rotbestrumpfter Wanderer zog vorbei und warf einen kurzen Blick auf das Grab und auf die Frau, die mit einem Strauss in der Hand auf dem Stein sass. Hinten näherte sich eine Gruppe von kamerabewaffneten Japanern verschiedenen Alters. Sie hielten in einem ehrfurchtsvollen Abstand an, und der Führer erklärte etwas auf japanisch. Rasch erhob sich Vera, damit sie das Grab ablichten konnten. Die Japaner machten ihr freundliche Zeichen sitzen zu bleiben, das Bild würde nicht verdorben durch ein hübsches Mädchen. Doch das wäre zu viel gewesen, das hielt sie nicht aus. Sie eilte auf die Seite.

Klick, die Kameras hielten im Bild fest, was vor ihnen stand, und ersetzten die Erinnerung. Und schon zogen die Japaner vergnügt weiter zum nächsten Fotosujet.

Und jetzt, wie weiter? Vera setzte sich wieder auf das Grab. Jetzt musste sie wirklich zu einem Schluss kommen, etwas unternehmen. Sie dachte scharf nach.

Die Bienen hinlegen an einen bestimmten Ort, wo sie leicht gefunden werden konnten, wo sie aber nicht jeder Hergelaufene auflesen würde. Einen solchen Ort musste sie sich ausdenken.

An einem solchen Ort sass sie! Und ein solches Versteck hielt sie in der Hand.

Waren die Bienen nicht in einem Grab in Malia gefunden worden? Und sass sie nicht auf einem Grab?

Sie legte den Strauss sorgfältig unter das Kreuz, und wie im Traum griff die Hand in die Tasche und holte das kleine Döschen hervor. Zum letzten Mal berührten ihre Finger die Bienen und hoben sie sorgfältig heraus. Sie liessen sich wunderbar verstecken im Grün der grossen Blätter. Hier bei Kazantzakis waren sie gut aufgehoben, hier sollten sie auf ihre Erlösung warten.

Ein Griff in die Hosentasche, das Mobil-Telephon herausgeholt und die 100 gewählt, die Notrufnummer der kretischen Polizei.

„Vrika tis klemmenes melisses. Ine pano sto tafo tou Kazantzaki," stotterte sie, und hoffte, dass sie die richtigen

Wörter erwischt hatte. „Ich habe die gestohlenen Bienen gefunden. Sie sind auf dem Grab von Kazantzakis." Melissa klang gut, das hiess doch Biene auf Griechisch, erinnerte sie sich. Das Grab des Kazantzakis war jedenfalls eindeutig.

Bevor der Polizist antworten oder genauere Fragen stellen konnte, hatte sie das Mobiltelefon wieder ausgeschaltet.

Ein erlösendes Gefühl von Freiheit durchflutete sie. Sie hatte richtig gehandelt.

Auf dem Grab sitzen bleiben, Red und Antwort stehen und gar noch als Finderin gelobt zu werden – nein, das wollte Vera vermeiden. Sie mischte sich auf dem Spazierweg unter andere Fussgänger, nicht zu weit weg vom Grab, doch auch nicht zu nahe. Abwarten, ob etwas geschah, und den roten Strauss im Auge behalten.

Von weitem sah Vera, wie die Sirenenautos herbeirasten, wie sportliche Polizisten von beiden Seiten die Treppen auf die Martinengo-Bastion hinaufstürmten auf das Grab zu. Sie trieben die Fussgänger zurück, umrundeten das Grab in einem grossen Kreis und blieben stehen. Es vergingen mehrere Minuten, bis auch der Polizeileutnant ausser Atem die Rampe heraufgekeucht kam. Er rang nach Luft und musste sich zuerst sammeln. Dann zupfte er seine Uniform zurecht, schob seine Mütze in einen etwas schieferen Winkel und trat auf das Grab zu.

Er griff in den frischen Strauss hinein, tastete ihn ab, hob ein kleines goldenes Etwas hoch, so dass es an der Sonne aufblitze. Dann steckte er das Gefundene in seine Jackentasche und schon gab er seinen Leuten das Zeichen wieder abzuziehen.

Das ganze hatte nicht mehr als fünf Minuten gedauert.

# 18

Minea und Pupio sassen unter ihrem Feigenbaum in Phaistos.

„Jetzt hat eine Geschichte, die so schön begonnen hat, ein festes Ende gefunden. Alles ist vorbei und muss vergessen werden. Chrysotas ist tot, der Mörder hat seinen gerechten Lohn empfangen," sinnierte Minea, „und der Bienenanhänger ist zerstört."

Pupio schaute sie entgeistert an.

„Du meinst den Goldschmuck, an den Chrysotas ein neues Aufhängerchen anbringen wollte?" „Ja, der ist doch zerstört."

„Zerstört? Der ist an seinem Ort."

„An seinem Ort? Wie meinst du das?"

„Im kleinen Sicherheitshäuschen hinten im Garten."

„In welchem Garten?"

„Im Ziegenstall hinter der Goldschmiedebude. Der alte Chrysotas hat doch immer seine wertvollsten Stücke draussen im Steinhäuschen aufbewahrt. Im Ziegenstall, wie wir es genannt haben, damit niemand errät, was es wirklich ist. Ich wollte doch auf keinen Fall mit dem Schmuck in meiner Tasche aufgegriffen werden. Ich wäre ja als Dieb und wohl gleich noch als Mörder gehängt worden."

Pupio schauderte bei dem Gedanken.

„Im Ziegenstall, sagst du?"

„Dem geschieht nichts, der ist sehr solide gebaut und sicher verschlossen. Dort findet ihr den Schmuck."

Nun war es an Minea, die Sprache zu verlieren.

„Aber Pupio, hast du nicht mehr gesehen, wie der Kerl mit seinen groben Schuhen die Bienen zermalmt hat?"

Pupio begann laut zu lachen.

„Ja, natürlich habe ich das gesehen. Der Grobian befahl mir, die Bienen zu holen, damit er sie zerstören könne. Aber meinst du wirklich, ich hätte den kostbaren Schmuck einfach so preisgegeben?"

131

Er war sichtlich stolz auf seine Schlauheit.

„Weißt du, seit ich das wunderschöne Stück zum erstenmal gesehen hatte, wusste ich, dass ich so etwas auch schaffen konnte. Ich hatte es möglichst genau angeschaut und in meiner Freizeit gleich begonnen, so etwas herzustellen. Chrysotas hat mir gestattet, jeweils die winzigen Abfallstückchen aus Metall und auch aus Gold aufzuheben und ich habe sie in einer Schachtel gesammelt. Es war genau das richtige Material für Bienen, so habe ich in meiner Freizeit versucht, ob mir auch etwas Ähnliches gelinge. Man lernt doch am meisten, wenn man Meisterwerke zu kopieren versucht,“ fügte er bescheiden bei, „Hauptsache der Grobian hat nicht gemerkt, dass es nicht die richtigen Bienen waren, sondern mein halbfertiger Versuch, die er zerstört hat. Er hat seine Rache bekommen. Und ich habe alle Zeit, nochmals von vorne zu beginnen.“

„Die Bienen sind also in Knossos, im Garten?“

„Den Schlüssel habe ich wieder in sein Versteck gelegt. Es ist die kleine Höhlung ganz unten in der Wurzel des Olivenbaums in der hintersten Ecke des Gartens, auf der Seite gegen das Meer zu.“

Drei Tage später stiegen Minea, Adamas und Manis wieder nach Knossos hinunter. Sie fanden den Schlüssel in der Wurzel des Olivenbaums und öffneten den Ziegenstall. Die Bienen lagen an ihrem sicheren Ort im Schränkchen.

Sie trugen den Schmuck in den Palast, und die Prinzessin war selig, ihn um den Hals legen zu können.

# 19

Der Tag war Veras letzter auf Kreta. Das Museum war wieder offen. Sie ging hin, um den Bienen auf Wiedersehen zu sagen. Kalliopi war nicht auf ihrem Posten. Melina sagte, sie habe ihren freien Tag und werde erst morgen wieder im Dienst sein. Vera bat sie, ihr liebe Grüsse auszurichten.

Pünktlich um 17 Uhr hob ihr Flugzeug ab vom Flugplatz Nikos Kazantzakis. Vera freute sich schon auf den nächsten Besuch in Kreta.

***

Weitere Bücher von Verena Appenzeller, Vorläufer der „Bienen von Maila"

**Es grollten die Götter auf Santorin,**
Edition BoD 2011

**Der Diskos von Phaistos –Kretas erster Krimi?**
BoD 2007